ISBN 2-203-14712-1

(ISBN 2-203-13129-2, Aladdin et la lampe merveilleuse, coll. l'Age d'or.)
(ISBN 2-203-13114-4, Ali Baba et les 40 voleurs, coll. L'Age d'or.)
(ISBN 2-203-13127-6, Sindbad le marin, coll. L'Age d'or.)

© Casterman 1983.

Contes des mille et une nuits

Aladdin et la lampe merveilleuse
Ali-Baba et les quarante voleurs
Sindbad le marin

Casterman

Aladdin
et la lampe
merveilleuse

imagé par Élisabeth Ivanovsky

Il était une fois, il y a de cela bien longtemps, un garçon du nom d'Aladdin qui vivait dans un lointain pays d'Orient.

Son père était tailleur et sa mère aidait le père en filant le coton; Aladdin, lui, ne se sentait heureux que dans la rue, où il vagabondait à longueur de journée avec d'autres garnements.

Lorsqu'il grandit, le père tenta de lui apprendre à coudre et à tailler les tissus avec lui. Mais Aladdin ne pouvait tenir en place et, dès que le tailleur avait le dos tourné, il s'échappait de la maison et ne rentrait que la nuit venue, lorsqu'il faisait trop sombre pour coudre. Tout cela donnait beaucoup de soucis aux parents.

Or le père d'Aladdin mourut. Et puisqu'Aladdin ne voulait décidément pas devenir tailleur, la mère vendit tout ce qu'il y avait dans la boutique. Il lui fallut filer davantage de coton et le porter chaque semaine au marché pour pouvoir acheter à manger pour son fils et elle-même. Ils vécurent ainsi très pauvrement.

9

Alors que les garçons de son âge s'étaient mis à travailler, Aladdin continuait à jouer dans la rue avec des enfants plus petits que lui. Un jour qu'il s'amusait ainsi, un étranger qui les observait depuis un moment s'adressa à Aladdin :

— Dis-moi, mon garçon, n'es-tu pas le fils de... de...?

— Je suis le fils de Mustafa le tailleur, répondit Aladdin. Mais mon père est mort depuis longtemps.

— Le fils de Mustafa! Viens dans mes bras que je t'embrasse! Je suis ton oncle, le frère de ton cher père! s'écria l'étranger. Tu ne peux pas me connaître, voilà bien quarante ans que j'ai quitté le pays, et je n'ai cessé de voyager depuis. Mais dès mon retour, je me suis précipité ici! Et voilà que tu m'annonces la mort de mon cher Mustafa...

Et il embrassa chaleureusement Aladdin en versant de grosses larmes.

En réalité, l'étranger n'était pas du tout l'oncle d'Aladdin, mais un magicien, venu de très loin dans l'intention de réaliser un mystérieux projet pour lequel il avait besoin d'un garçon agile et souple. Mais comment Aladdin aurait-il pu s'en douter?

Le magicien demanda à Aladdin où habitait sa mère. Il lui annonça sa visite pour le lendemain soir, et lui donna deux pièces d'or afin d'acheter en abondance les nombreuses denrées nécessaires pour célébrer son retour.

Quelle surprise pour la mère! Jamais, bien sûr, son mari ne lui avait dit qu'il avait un frère. Mais comme chacun sait, un invité, en Orient, c'est une chose sacrée. Et elle se fit un point d'honneur d'utiliser au mieux les pièces d'or.

Tôt le matin, la mère courut chez les voisins emprunter la vaisselle qui lui manquait. Ensuite, elle partit acheter de solides provisions. Et toute la journée, elle pétrit la pâte, cuisit le pain, nettoya les légumes, mijota les viandes, décora la table. Tant et si bien que lorsqu'arriva le magicien, les bras chargés de flacons de vin, de fruits et de gâteaux, toute la petite maison embaumait.

L'étranger, l'oncle, puisque c'est ainsi qu'il se faisait appeler, pleura sur le sort de son cher Mustafa, raconta ses longs voyages, s'intéressa à toute la famille.

— Et toi, Aladdin, que fais-tu? Quel métier apprends-tu?

Voilà un sujet de conversation brûlant pour Aladdin!

Et la mère expliqua que, malgré tous leurs efforts, Aladdin n'avait pu apprendre le métier de son père et que, malgré ses quinze ans, il n'aimait que vagabonder et jouer dans les rues comme un enfant.

L'oncle gronda un peu Aladdin :

— A quinze ans, il faut penser à gagner ta vie. Mais si le métier de tailleur te déplaît, cherchons-en un autre. Que dirais-tu de devenir marchand? Tu tiendrais une belle boutique de tissus, tu vendrais, tu achèterais... Tu vivrais ainsi honorablement, et tu ferais vivre ta mère!
Aladdin avait déjà aperçu de semblables boutiques; il se souvenait d'avoir vu les marchands discuter avec les clients, déployer de longues pièces d'étoffe, fumer la pipe sur le pas de leur porte.
Cela, tout compte fait, ne lui déplaisait pas.
Mais où trouver de quoi acheter la boutique et les tissus?
— Si le métier de marchand te tente, continua l'oncle, je suis prêt à t'aider. Je suis seul au monde, et plutôt riche. En souvenir de mon cher Mustafa, ce sera une joie pour moi d'assurer ton avenir.
Demain, nous irons t'acheter des vêtements dignes de ta future profession, et nous nous mettrons à la recherche d'une boutique que je puisse t'acheter.
Jusqu'alors, la mère n'avait pas cru que l'étranger fût le frère de Mustafa le tailleur. Mais après tout le bien qu'il promettait, elle ne douta plus, et remercia mille fois le bon « oncle ». Et, durant toute la soirée, on fit de grands projets.
Le lendemain, l'oncle était au rendez-vous, et, comme promis, on alla dans le quartier des marchands acheter un vêtement neuf pour Aladdin, car il en avait bien besoin.
L'oncle lui permit de choisir une bourse et une large ceinture de soie, assortie au vêtement, et lui offrit même le petit chapeau dont il mourait d'envie. Et lorsqu'Aladdin eut aux pieds de souples sandales neuves, il se sentit vraiment magnifique et remercia et remercia encore son oncle.
— Tu commences à prendre l'allure d'un véritable marchand, le

félicita l'oncle. Mais tout cela n'est qu'un début! Maintenant, il nous faut choisir ta boutique.

Et il l'emmena dans le quartier où se trouvaient les boutiques les plus élégantes et les plus riches. Jamais Aladdin ne s'était promené par là, il ouvrait de grands yeux et courait d'un étalage à l'autre, ne sachant lequel était le plus beau. Aussi tous deux tombèrent-ils d'accord qu'il leur faudrait bien une seconde journée pour faire leur choix.

Pour se changer les idées, l'oncle mena Aladdin dans les mosquées les plus vastes et les plus belles, il le conduisit dans les auberges où les marchands avaient l'habitude de discuter de leurs affaires. Il lui fit voir les salles du palais du sultan où chacun était libre d'entrer

Puis, comme tous deux se sentaient fatigués, ils pénétrèrent dans un grand jardin et, assis au bord d'un bassin dans lequel une fontaine déversait un filet d'eau, ils partagèrent des gâteaux au miel, des raisins et des figues que l'oncle tira d'un sac. Et jamais l'eau d'une fontaine ne parut aussi désaltérante à Aladdin.

Ils parlèrent de la boutique, et de ces marchands dont Aladdin serait bientôt l'égal.

Et quand tous deux, un peu reposés, quittèrent le jardin, Aladdin aurait suivi son oncle jusqu'au bout du monde.

Autour de la ville s'étendaient d'autres jardins, les uns débordants de fleurs, d'autres ployant sous le poids des fruits, d'autres encore ombragés d'arbres. Jamais Aladdin ne s'était aventuré hors de la ville, aussi ce fut pour lui une découverte de s'y promener avec l'oncle.

A force de marcher, il lui sembla qu'ils s'écartaient beaucoup de la ville, et il demanda à l'oncle où ils allaient ainsi. L'oncle l'encouragea à avancer encore un peu, lui promettant une nouvelle surprise, et lui racontant pour le distraire des souvenirs de voyage. Tous les jardins étaient désormais derrière eux, et la route qu'ils suivaient conduisait à un défilé étroit entre deux montagnes d'égale hauteur.

Arrivés au pied des montagnes, l'oncle s'arrêta et examina les lieux.

Aladdin, malgré ses vêtements neufs, s'était jeté par terre et se plaignait de sa fatigue; mais l'oncle le pria de l'aider à ramasser du bois mort, s'il voulait assister à quelque chose de tout à fait extraordinaire.

Et Aladdin se dit qu'il lui devait bien cela, et il rassembla une bonne brassée de brindilles sèches.

14

L'oncle choisit soigneusement l'endroit où il disposa le bois, et l'en-
flamma à l'aide de silex. Puis, il jeta dans la flamme quelques gouttes
d'un parfum qu'il tira d'une fiole et, pendant qu'une épaisse fumée
s'élevait du feu, il murmura des paroles qu'Aladdin ne comprit pas.

Il s'agissait en effet de paroles magiques, et tout cela faisait partie du
mystérieux plan du magicien.
Alors, la terre trembla. Et lorsqu'Aladdin osa rouvrir les yeux, il
constata que le feu était presque éteint. A sa place, la terre s'était
ouverte et laissait apparaître une pierre blanche, carrée, d'un pied et
demi de côté, avec en son centre un gros anneau de bronze.

15

La première réaction d'Aladdin fut de fuir, mais le magicien le rattrapa, le secoua et le gronda fort. Puis, voyant qu'il effrayait le garçon, il lui parla plus doucement :

— Aladdin, quand il s'agissait de te vêtir et de t'offrir des cadeaux, jamais je n'ai regardé à la dépense. Maintenant, je ne te demande qu'une chose : faire ce que je te dirai. Tu ne le regretteras pas. Apprends que derrière cette pierre se trouve un trésor. Toi seul es suffisamment mince et agile pour traverser l'étroite ouverture que recouvre la pierre. C'est à toi qu'est destiné le trésor, et il te rendra plus riche que le plus riche des sultans. Allons, exécute point par point ce que je vais t'ordonner.

Pendant ce discours, Aladdin était passé de la frayeur à l'étonnement, et de l'étonnement à la curiosité.

— Jamais, dit-il, nous ne pourrons soulever cette lourde pierre!

— Je suis content que tu te décides de toi-même à m'aider, reprit le magicien. Prends cette bague, enfile-la et fais-la tourner autour de ton doigt. Puis, empoigne l'anneau au centre de la pierre et tire, tout en prononçant une seule fois le nom de ton père.

Ce que fit Aladdin; et à son grand ébahissement, il leva sans peine la pierre, et la posa à côté du trou ainsi apparu. Dans l'obscurité, on distinguait quelques marches raides menant à un souterrain.

— A présent, dit le magicien, tu vas te faufiler dans ce caveau. Lorsque tu auras passé la porte que tu vois au bout de ces marches, tu traverseras trois salles voûtées. Attention! Avant d'y pénétrer, serre bien ton vêtement autour de toi, car s'il t'arrivait de toucher, d'effleurer même les murs ou les objets entreposés dans ces salles, j'ose à peine te dire ce qui t'arriverait : tu mourrais sur-le-champ.

L'oncle laissa Aladdin s'imprégner de ces paroles, puis il continua :

— Au bout de la troisième salle, une porte ouverte donne sur un jardin dont les arbres sont chargés de fruits. Suis le chemin qui le traverse, et va tout droit à la terrasse qui ferme le jardin. Quand tu seras sur la terrasse, tu verras face à toi une niche, et dans la niche une lampe allumée. Prends-la, éteins-la, vide-la et mets-la dans ta poche. Si tu le désires, je t'autorise alors à cueillir tous les fruits du jardin qui te feront envie. Ensuite, tu reviendras tout droit ici.

16

» Fais ce que je te dis, et nous serons riches tous les deux pour toute notre vie! »

Et ainsi fit Aladdin.

Il se faufila par l'entrée du souterrain, traversa avec les plus grandes précautions — car il avait peur de mourir — les trois salles voûtées, déboucha dans le jardin qu'il traversa sans s'arrêter, monta sur la terrasse, s'empara de la lampe qu'il éteignit et vida habilement, et la poussa au fond de sa poche. Tout comme l'avait commandé le magicien.

Alors, un peu rassuré, Aladdin regarda mieux autour de lui.

Le jardin dépassait en beauté tous ceux qu'il avait admirés dans sa ville natale. Chaque arbre portait de gros fruits à la fois brillants et translucides, de toutes les couleurs, et scintillants comme du cristal taillé. En réalité, mais comment Aladdin l'aurait-il deviné, les uns ployaient sous le poids de cerises en rubis, d'autres portaient de grosses pommes de topaze, d'autres encore des figues en améthyste, des poires en diamant ou des raisins dont chaque grain était une énorme perle. Mais de toutes ces pierres précieuses, Aladdin ignorait même l'existence, et il pensa qu'il s'agissait de verre coloré.

17

La beauté et la grosseur des fruits lui donnèrent envie d'en cueillir de toutes les sortes et, puisque c'était permis, il en emplit toutes ses poches, sa bourse neuve, et même les replis de la large ceinture de soie qui tournait trois fois autour de son corps.

Ainsi chargé, Aladdin retraversa avec autant de précautions qu'à l'aller les trois salles dangereuses et se présenta à l'entrée du souterrain où le magicien l'attendait avec impatience.

— Oncle, j'ai la lampe! cria Aladdin. Aide-moi à remonter, je ne puis y arriver seul.

— Donne-moi avant tout la lampe, car elle pourrait gêner tes mouvements, lui répondit l'oncle.

— Pas du tout, je te la donnerai lorsque je serai en haut.

— La lampe, la lampe tout de suite! cria le magicien.

Et comme Aladdin refusait — la lampe était enfouie profondément dans sa poche, sous les fruits merveilleux —, le magicien entra dans une colère épouvantable. Fou de rage, il jeta quelques gouttes de parfum dans ce qui restait du feu; et à peine eut-il prononcé une formule magique que la pierre vint d'elle-même se remettre en place, enfermant à l'intérieur le pauvre Aladdin.

Dépité de voir lui échapper un trésor qu'il était venu chercher de si loin, le magicien dissimula la pierre avec de la terre, s'éloigna en hâte et quitta la ville le soir même.

En même temps que retombait la pierre, Aladdin avait entendu se

refermer la porte conduisant au merveilleux jardin. Et c'est ainsi que,
deux jours durant, il demeura dans le
noir sans boire ni manger, réfléchis-
sant amèrement à la fausseté de ce
prétendu « oncle », qui, après avoir
été si bon pour lui, l'abandonnait à la
mort.

Or, tandis qu'Aladdin se tordait les
mains de désespoir et recommandait
son âme à Dieu, il frotta sans y penser l'anneau que lui avait donné le
magicien. Aussitôt, un génie s'éleva
devant lui, comme s'il sortait de terre ;
sa tête atteignait le plafond, et son
regard était insoutenable.

D'une voix grave, il prononça ces paroles :

— Ordonne, et j'obéirai. Car je suis
l'esclave de l'anneau et de tous ceux
qui ont l'anneau au doigt.

En toute autre circonstance, Aladdin
aurait tremblé de peur. Mais, à demi
mort de faim et de soif comme il
l'était, il répondit sans hésiter :

— Qui que tu sois, et si tu le peux,
fais-moi sortir de ce lieu!

Et à peine eut-il fini de parler qu'il se
retrouva hors du souterrain.

Toute entrée avait disparu. Aladdin
reconnut la route qui menait à la ville.

Quelle joie pour la mère de retrouver son Aladdin qu'elle croyait mort ou disparu!

Aladdin mangea et but, mangea encore et but encore, dormit, et se sentit aussi frais qu'avant son aventure. Alors seulement, la mère lui permit de raconter ce qui lui était arrivé.

Aladdin raconta comment le magicien l'avait habillé et nourri puis promené, comment lui-même avait obéi scrupuleusement à ses ordres pour le remercier, et comment le mauvais homme, après tant de bienfaits et de promesses, avait voulu le tuer en l'enfermant dans le souterrain. Aladdin dit combien il avait eu peur, faim et soif, combien il était heureux d'être à nouveau auprès de sa mère, et combien tous deux se méfieraient désormais des inconnus.

Enfin, il sortit de ses poches la lampe et les fruits multicolores : dans la faible lumière du soir, les rubis, les topazes, les améthystes et les diamants luisaient faiblement.

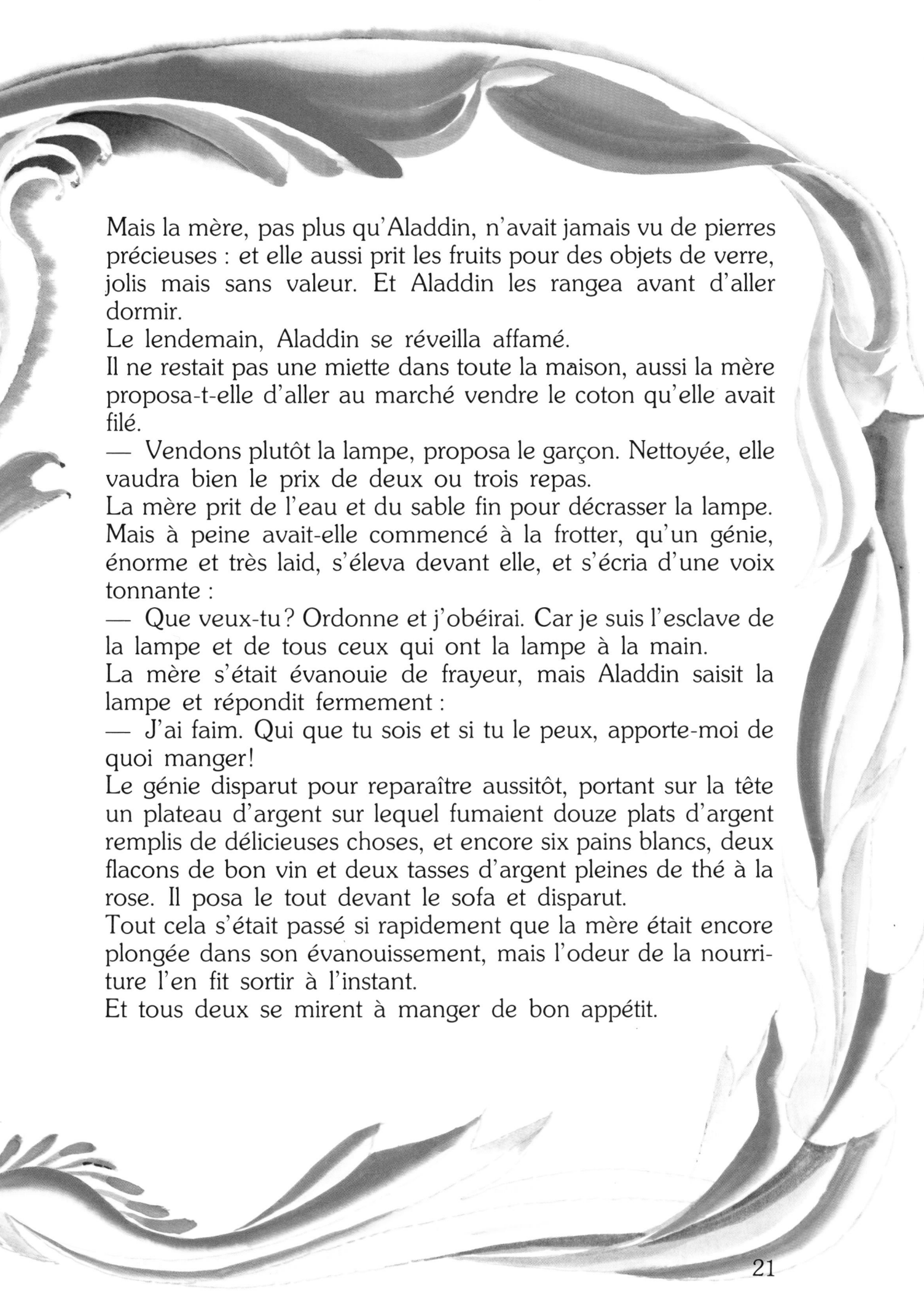

Mais la mère, pas plus qu'Aladdin, n'avait jamais vu de pierres précieuses : et elle aussi prit les fruits pour des objets de verre, jolis mais sans valeur. Et Aladdin les rangea avant d'aller dormir.

Le lendemain, Aladdin se réveilla affamé.

Il ne restait pas une miette dans toute la maison, aussi la mère proposa-t-elle d'aller au marché vendre le coton qu'elle avait filé.

— Vendons plutôt la lampe, proposa le garçon. Nettoyée, elle vaudra bien le prix de deux ou trois repas.

La mère prit de l'eau et du sable fin pour décrasser la lampe. Mais à peine avait-elle commencé à la frotter, qu'un génie, énorme et très laid, s'éleva devant elle, et s'écria d'une voix tonnante :

— Que veux-tu ? Ordonne et j'obéirai. Car je suis l'esclave de la lampe et de tous ceux qui ont la lampe à la main.

La mère s'était évanouie de frayeur, mais Aladdin saisit la lampe et répondit fermement :

— J'ai faim. Qui que tu sois et si tu le peux, apporte-moi de quoi manger!

Le génie disparut pour reparaître aussitôt, portant sur la tête un plateau d'argent sur lequel fumaient douze plats d'argent remplis de délicieuses choses, et encore six pains blancs, deux flacons de bon vin et deux tasses d'argent pleines de thé à la rose. Il posa le tout devant le sofa et disparut.

Tout cela s'était passé si rapidement que la mère était encore plongée dans son évanouissement, mais l'odeur de la nourriture l'en fit sortir à l'instant.

Et tous deux se mirent à manger de bon appétit.

Ils pensaient ne faire qu'un déjeuner, mais à l'heure du dîner ils étaient encore à table, tant les plats étaient légers et succulents. Et le repas fini, il leur en resta autant pour le jour suivant.

Seulement, la mère avait eu si peur du génie qu'elle pria Aladdin de mettre la lampe de côté : pour rien au monde elle n'aurait voulu provoquer une nouvelle apparition!

Le lendemain, la mère et le fils terminèrent les provisions, et pour en acheter d'autres, Aladdin partit vendre un plat d'argent.

Aladdin n'en avait jamais possédé de semblable, aussi en ignorait-il la valeur et le céda-t-il pour une seule pièce d'or.

Mais les jours suivants, il observa que les marchands de la ville vendaient bien plus cher des plats bien moins beaux, et il se fit peu à peu une idée exacte du prix qu'il pouvait en réclamer.

La vente de la vaisselle d'argent leur permit ainsi de vivre durant plusieurs mois. Lorsqu'il n'y eut plus rien à vendre, Aladdin choisit un jour où sa mère était au marché pour appeler le génie de la lampe et lui demander une nouvelle ration de plats d'argent bien remplis.

Ainsi passèrent plusieurs années. Le génie nourrissait la famille; la mère avait cessé de filer le coton, elle se reposait et s'occupait de son fils. Et Aladdin passait de plus en plus de temps avec les marchands de la ville qui lui apprenaient à juger la valeur des choses et des gens.

C'est ainsi qu'il se rendit compte du grand prix des rubis, des topazes, des perles et des diamants qu'il avait un jour lointain ramenés du jardin merveilleux. Mais comme il s'estimait heureux de ce qu'il possédait, il n'en parla pas et laissa les pierreries à l'endroit où il les avait déposées.

Un jour qu'Aladdin se promenait dans le quartier où se trouvaient les plus beaux bains de la ville, il entendit proclamer un ordre du sultan : que chacun ferme ses fenêtres, que chacun ferme sa porte, que chacun s'enferme chez soi, afin que la princesse Badroulboudour sa fille trouve les rues désertes pour se rendre au bain.

Aussitôt, l'envie irrésistible vint à Aladdin de voir la princesse Badroulboudour.

Il se trouva une cachette dans la maison voisine de l'établissement de bains, et se plaça de façon à voir arriver la princesse à travers les rues désertes. Et, comme il l'avait espéré, juste au moment d'entrer, la princesse ôta le voile qui lui cachait le visage.

Une seconde, Aladdin vit parfaitement ses traits.

Jamais Aladdin, avant cela, n'avait aperçu le visage découvert d'une femme, à l'exception bien sûr de celui de sa mère qui enlevait son voile à la maison. Et jamais Aladdin n'avait soupçonné qu'une femme pût être aussi belle.

La princesse Badroulboudour avait de grands yeux vifs sous des sourcils délicatement arqués, un petit nez régulier, des lèvres souriantes, le tout encadré de magnifiques cheveux sombres. En vraie princesse, elle marchait souplement mais avec majesté.
Aladdin fut bouleversé.
Il rentra chez lui, absorbé dans le souvenir de celle qu'il avait vue. Un jour entier, il resta silencieux et rêveur.
Enfin, il rompit le silence, au grand soulagement de sa mère.

— Mère, dit-il, j'ai fait hier la rencontre d'une femme si merveilleuse qu'il me faut l'épouser.

— Ton projet est raisonnable, répondit la mère. Te voilà en âge de te marier et d'avoir des enfants, et nous ne sommes pas pauvres. Dis-moi seulement qui tu désires épouser.

— La princesse Badroulboudour, fille de notre sultan. Je l'ai surprise hier alors qu'elle se rendait aux bains, et...

— Es-tu devenu fou! La fille du sultan? Comment oserais-tu, fils de simple tailleur, la demander à son père?

— Tu la demanderas pour moi, et rien de ce que tu pourras me dire ne me fera changer d'avis. J'aime Badroulboudour, elle seule sera ma femme, conclut Aladdin.

La mère comprit qu'Aladdin n'abandonnerait pas son projet fou, et, par amour pour lui, elle se résigna à l'aider — bien que sans aucun espoir.

Mais comment se faire recevoir par le sultan?

— En lui offrant un cadeau, résolut Aladdin. Nous allons présenter dans un grand plat de porcelaine ces fruits multicolores que j'ai ramenés du jardin merveilleux le jour où je faillis mourir dans le souterrain. Sache que ce sont des pierres précieuses, et qu'elles sont dignes du sultan.

» Tu profiteras de sa satisfaction pour faire la demande en mariage. Et nous verrons bien ce qu'il répondra. »

C'est ainsi que le lendemain, de grand matin, la mère partit très troublée pour le palais. Elle portait le plat de pierres précieuses enveloppé dans un linge blanc.

Un serviteur la fit pénétrer dans le salon profond et spacieux où le sultan tenait audience. Autour du divan où il trônait se pressaient déjà le grand vizir, les vizirs et tous les grands de la cour, suivis de la foule des gens qui avaient quelque chose à demander au sultan.

24

Aussi la mère préféra-t-elle attendre son tour à l'écart.

Elle se plaça face au sultan, et attendit debout qu'on veuille bien l'appeler. Mais comme personne ne savait pourquoi elle était là, personne ne l'appela. Après plusieurs heures, le sultan leva la séance et sortit, la foule se dispersa et la mère rentra à la maison. Elle expliqua à Aladdin que le sultan avait été trop occupé pour la recevoir, mais qu'elle retournerait au palais le jour suivant.

Et Aladdin s'arma de patience. Six autres fois, la mère retourna au palais sans plus de succès. Et sans doute y serait-elle retournée cent fois aussi inutilement, si le sultan n'avait eu l'attention attirée par sa patience et son humilité.

Il prit à part son grand vizir :

— Grand vizir, lui dit-il, depuis quelques jours j'observe cette femme que tu vois là. Chaque jour, elle vient à la séance du conseil. Elle reste debout, un paquet à la main, du début à la fin de l'audience, puis part sans oser m'approcher. Aussi, demain, tu la feras entrer avant les autres pour qu'elle puisse me parler.

Et c'est ainsi que le jour suivant, le grand vizir vint chercher la mère d'Aladdin qui attendait parmi la foule que s'ouvrent les portes du grand salon. Au signe qu'il fit, les serviteurs la laissèrent passer, et il la conduisit au pied du divan où trônait le sultan.

La mère d'Aladdin avait observé comment il se doit d'aborder le sultan, et elle s'inclina profondément.

Le sultan, qui avait bien vu que c'était une femme très simple, l'invita doucement à se relever et à parler sans crainte.

— Grand sultan, c'est à peine si j'ose vous dire ce qui m'amène devant vous, commença la mère toute tremblante. C'est mon fils Aladdin qui m'envoie...

Et elle raconta qu'Aladdin, ayant aperçu le visage de la princesse Badroulboudour, en était tombé éperdument amoureux, et ne vivait plus que dans l'espoir de l'épouser.

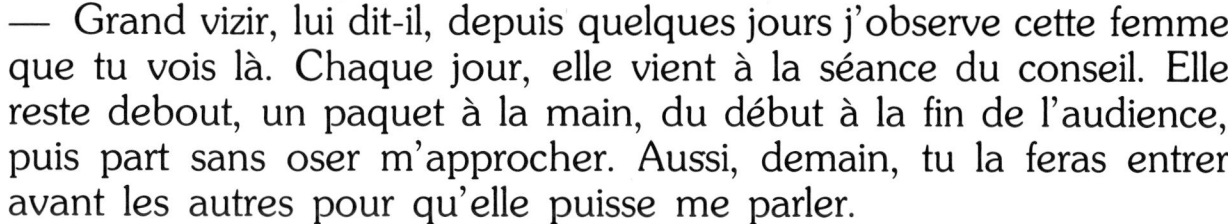

Contrairement à ce que craignait la mère, le sultan ne se mit pas en colère à ces mots. Mais, pour se donner le temps de trouver une réponse qui ne la peine pas trop, il lui demanda ce qu'elle avait apporté dans le paquet déposé à ses pieds. La mère ouvrit précipitamment le paquet et le présenta au sultan :

— Aladdin vous envoie ce présent qu'il espère digne de vous, dit-elle en se prosternant une nouvelle fois.

Dans le plat de porcelaine, les pierreries brillaient de mille feux. Jamais le sultan n'avait contemplé de rubis si gros, de diamants si purs, de perles si parfaites. Muet d'admiration, il promenait la main parmi les pierres, choisissant tantôt un saphir étincelant, tantôt une améthyste à l'éclat sombre, incapable de décider lequel de ces joyaux était le plus beau.

— Vraiment... Tout cela est pour moi! Eh bien, dit-il en se tournant vers le grand vizir qui regardait les bijoux par-dessus son épaule, que dis-tu d'un tel présent? Celui qui me l'envoie n'est-il pas digne d'épouser ma fille?

26

Ces paroles plongèrent le grand vizir dans une certaine agitation. C'est qu'il avait lui aussi un fils en âge d'être marié, et il avait espéré qu'un jour le sultan lui accorderait la main de la princesse Badroulboudour. Il s'approcha du sultan et lui parla à l'oreille :

— Certes, dit-il, ce présent est digne de la princesse votre fille. Mais je supplie Votre Majesté de ne pas prendre une décision trop rapide. Qui est cet Aladdin ? Que possède-t-il vraiment ? Je me permets de faire remarquer à Votre Majesté que jamais nous n'en avons entendu parler. S'il était vraiment si riche que cela, sa réputation serait déjà parvenue aux oreilles de Votre Majesté. Pensez plutôt à mon fils, que vous connaissez bien, et qui...

— Il y a quelque chose de sensé dans ce que tu me dis, l'interrompit le sultan. Il serait imprudent que je me contente de cette seule preuve de magnificence. Dis à ton fils, continua-t-il en s'adressant à la mère d'Aladdin, que j'accepte son cadeau et que je l'en remercie grandement. Je suis prêt à le rendre heureux en lui accordant la main de ma fille la princesse. Mais je ne peux la marier sans être sûr qu'il est capable de lui offrir une existence digne de son rang. Aussi, dis à ton fils Aladdin de m'envoyer une autre preuve de ses richesses : quarante bassins, pleins à ras bord de pierres précieuses aussi belles que celles que tu m'as apportées. Et quarante esclaves noirs porteront ces présents, conduits par quarante esclaves blancs.

» Voilà les conditions auxquelles je suis prêt à lui donner en mariage la princesse ma fille. Va, et transmets ma réponse à ton fils. »

La mère se prosterna et se retira en silence.

Elle courut aussi vite que le lui permettaient ses vieilles jambes et raconta à Aladdin son entrevue : le sultan, enfin, l'avait écoutée ;

certes, il s'était montré plus que satisfait des pierreries, mais il en exigeait à présent quarante fois autant avant de prendre au sérieux la demande en mariage. Sans compter les quarante esclaves blancs et les quarante esclaves noirs : où Aladdin les prendrait-il ? Et les pierreries, retournerait-il au jardin merveilleux pour les cueillir ? Il savait bien que l'entrée en était bouchée. Risquerait-il la mort une seconde fois ? Et elle conseilla à Aladdin d'oublier ce mariage !

Aladdin ne parut cependant pas découragé par l'exigence du sultan, et il invita la mère à aller faire un tour au marché.

Et ainsi, la mère comprit qu'il voulait faire appel au génie de la lampe. A peine fut-elle sortie qu'Aladdin, en effet, alla chercher la lampe qu'il conservait précieusement dans sa chambre, et la frotta doucement. Au même moment, le génie apparut comme s'il sortait de terre, et il s'écria d'une voix tonnante :

— Que veux-tu ? Ordonne et j'obéirai. Car je suis l'esclave de la lampe et de tous ceux qui ont la lampe à la main.

— Bon génie, répondit Aladdin, jusqu'à présent, tu m'as apporté de quoi me nourrir chaque fois que je te l'ai demandé. Mais cette fois, c'est d'une chose beaucoup plus importante qu'il s'agit. Je veux offrir au sultan quarante bassins pleins de pierreries éclatantes, semblables à celles qui poussent aux arbres du jardin merveilleux où je pris la lampe, un jour lointain. Et deux fois quarante esclaves, les uns noirs et les autres blancs, mais tous parfaitement beaux, porteront ces présents.

» Que peux-tu faire pour moi? »

A peine avait-il parlé que le génie disparut. Et Aladdin entendit des cris et des bruits de bousculade dans la petite cour devant la maison. Il sortit, et ce qu'il vit lui coupa le souffle.

Quarante esclaves blancs et quarante esclaves noirs se pressaient dans le petit espace de la cour. Tous étaient grands, forts et beaux, et merveilleusement vêtus. Les noirs portaient sur la tête, sans aucun effort, un splendide bassin d'or pur, dont débordaient des pierres aussi précieuses que celles qu'avait un jour cueillies Aladdin.

La mère d'Aladdin, qui rentrait précisément du marché, pensa se tromper de maison en voyant tout ce monde. Mais son fils l'appela et la pria de bien vouloir se mettre à la tête du cortège et retourner sur-le-champ au palais. Ainsi, le sultan constaterait avec quel empressement Aladdin voulait tout à la fois le satisfaire et obtenir la main de la princesse sa fille!

Aladdin conduisit alors les esclaves dans la rue. Il fit alterner un esclave blanc, un esclave noir portant sur la tête son bassin d'or. Lorsque le dernier eut pris place dans la file, il alla s'enfermer dans sa chambre et attendit calmement la décision du sultan.

Les quatre-vingts esclaves, précédés de la mère d'Aladdin, marchaient gravement, à égale distance les uns des autres. Une foule

immense et curieuse les accompagnait, admirant leurs vêtements somptueux et se demandant à qui ils appartenaient.

Arrivés au palais, les esclaves pénétrèrent dans la salle du conseil et se placèrent en demi-cercle devant le trône. Les noirs, chacun à son tour, vinrent déposer aux pieds du sultan les bassins qu'ils portaient, puis les blancs se prosternèrent en disant :

— Nous ne sommes que des esclaves. Notre maître paraîtra quand il en sera temps.

Tous ensuite restèrent debout face au sultan, les mains croisées sur la poitrine. Et la mère d'Aladdin s'avança au pied du trône, et dit, après s'être inclinée :

— Sire, mon fils Aladdin n'ignore pas que ces richesses sont loin d'égaler le prix de votre fille. Il espère cependant que vous tiendrez votre promesse de l'accepter comme époux de la princesse Badroul-boudour.

Le sultan contempla les trésors déposés à ses pieds et ceux qui les avaient apportés, beaux comme autant de rois. Et c'est au grand vizir qu'il s'adressa d'abord :

— Eh bien, vizir, ne penses-tu pas que celui, quel qu'il soit, qui m'envoie avec une si grande modestie de telles preuves de richesse est bien digne d'épouser Badroulboudour, ma fille?

Et le grand vizir, à contrecœur, dut admettre qu'on pouvait difficilement se montrer plus exigeant.

Le sultan n'hésita pas davantage :

— Va dire à ton fils Aladdin que je l'attends avec impatience pour le présenter à ma fille, et que je le considère déjà comme un fils!

Grâce à une nouvelle aide du génie de la lampe, Aladdin et sa mère se trouvèrent en un clin d'œil vêtus de tissus chatoyants et parés de bijoux du meilleur goût. Et c'est montés, lui sur un cheval pur sang, elle sur une jument blanche, qu'ils firent leur entrée au palais où le sultan les attendait avec impatience.

De l'embrasure d'une fenêtre, la princesse guettait l'arrivée de son fiancé et le trouva fort à son goût.

Aussi le repas de fiançailles fut-il très joyeux. Et, aux réponses qu'Aladdin fit à ses questions, le sultan put juger qu'il était aussi sage qu'il paraissait riche, et il se félicita de son choix.

On décida de marier les jeunes gens dès que serait construit leur palais, et on se sépara, enchanté de la soirée.

Mais comment Aladdin aurait-il pu attendre tout le temps nécessaire pour construire un palais?

Dès qu'il fut de retour dans la petite maison, il s'enferma dans sa chambre, saisit la lampe et la frotta doucement.

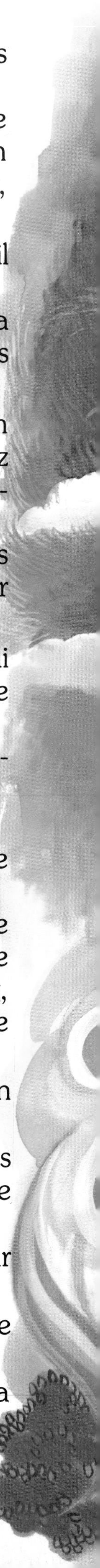

30

Parut le génie à la voix tonnante. Et voici ce que lui dit Aladdin :

— Génie, tu m'as beaucoup aidé ces jours derniers, et je te dois mon bonheur. Mais pour que nous soyons parfaitement heureux, je veux offrir à ma future femme le plus beau palais qu'elle ait jamais rêvé.

» Je te demande de le bâtir aussi vite qu'il te sera possible, face au palais du sultan son père. Je te laisse le choix des pierres, des couleurs et des décors. Qu'il y ait des salons, des chambres, des bains et des cuisines. Et des chevaux dans les écuries, et un trésor dans la salle du trésor.

» Enfin, que tout soit digne de ma princesse! »

Le soleil venait de se coucher quand s'éclipsa le génie.

Et le soleil s'était à peine levé à nouveau qu'un palais merveilleux se dressait face à celui du sultan, entouré de ses écuries, de ses jardins et de ses dépendances.

Un tapis de velours rouge le reliait à l'entrée du palais du sultan.
Et c'est par ce chemin qu'Aladdin, précédé de joueurs de trompette
et de tambour, ramena chez lui la princesse devenue sa femme.
Durant toute la journée des noces, de merveilleux musiciens divertirent la foule des invités chaque fois qu'ils s'arrêtaient de manger les
plats succulents. On visita le nouveau palais, et on admira son bon
goût et sa richesse. On félicita le sultan qu'il s'était trouvé un si bon
gendre et un si bon successeur. Et lorsque Aladdin et la princesse
Badroulboudour se prirent par la main pour exécuter la danse qui
terminait les cérémonies de leurs noces, tous les invités tombèrent
d'accord pour dire que jamais ils n'avaient vu de jeunes mariés aussi
heureux.

Lorsqu'ils furent seuls, Aladdin offrit à sa femme l'anneau qui, un jour, l'avait sauvé d'une mort certaine, et lui demanda de le garder toujours à son doigt.

Quant à la lampe merveilleuse, chaque soir, elle répand sa douce lumière sur la terrasse du palais, d'où Aladdin et sa princesse contemplent ensemble leur ville.

Ali-Baba
et les
quarante voleurs

adapté par Jean Bodar
imagé par André Bertrand

A Bagdad, sous le règne du calife Haroun-al-Raschid – qu'Allah le protège! – vivent deux frères. L'un se nomme Cassim et l'autre Ali-Baba. A leur mort, leurs parents ne leur ont rien laissé mais Cassim a épousé la fille de commerçants aisés. Il possède un superbe magasin. C'est un des marchands les plus riches de la ville.

Ali-Baba, de son côté, s'est marié avec une femme aussi pauvre que lui. Il vit dans la misère. Pour nourrir sa famille, il va tous les jours couper du bois dans la forêt voisine. Il le charge sur trois ânes efflanqués – c'est tout ce qu'il possède –, et va le vendre au marché.

Un jour, Ali-Baba est occupé à sa besogne habituelle quand il distingue à l'horizon un tourbillon de poussière. Pas de doute : une troupe de cavaliers arrive droit sur lui. Et si c'étaient des brigands? A cette pensée, Ali-Baba ne songe plus qu'à sauver sa vie. Il dissimule ses ânes dans un fourré et lui-même, pour plus de sûreté, grimpe tout en haut d'un cèdre isolé qui se dresse au bord de la forêt.

Dans un grand bruit de hennissements et de sabots grattant le sol, les cavaliers s'arrêtent au pied de l'arbre. A leur mine farouche, Ali-Baba se rend compte qu'il ne s'est pas trompé : c'est une bande de voleurs. Ils sont quarante et chacun porte en croupe un gros sac rempli de pièces d'or.

Les brigands débrident leurs chevaux, les attachent, leur passent au cou un sac d'orge. Puis le chef des voleurs s'approche d'un rocher voisin et crie : « Sésame, ouvre-toi! ».

Devinez l'étonnement d'Ali-Baba en entendant ces paroles étranges! Mais ce n'est pas tout. Voilà que sous l'effet de la phrase magique, le rocher s'ouvre en deux! Tous les cavaliers, chacun portant son sac, entrent l'un après l'autre dans la caverne ainsi ouverte. Quand le dernier est passé, la porte mystérieuse se referme.

Partagé entre la peur et la curiosité, Ali-Baba demeure longtemps perché sur son cèdre. Enfin, les cavaliers ressortent. Ils remontent en selle et le chef ordonne à la porte de se refermer en disant : « Sésame, ferme-toi! ».

Quand toute la troupe a disparu au loin, Ali-Baba se laisse glisser de son arbre et s'approche du rocher. Il crie : « Sésame, ouvre-toi! ». La porte secrète s'ouvre et Ali-Baba pénètre en tremblant dans la caverne.

Quel spectacle s'offre à ses yeux éblouis! Partout, des ballots d'étoffes les plus rares, des tapis d'un prix inestimable, des sacs gonflés d'or et de pierres précieuses... Ali-Baba en ouvre un au

hasard. Sous ses doigts ruissellent des diamants étincelants, des gemmes éclatantes, des saphirs somptueux... Il prend un autre sac. Des milliers de pièces d'or s'en échappent!

Devant toutes ces richesses accumulées, Ali-Baba ne perd pas la tête. Il court rassembler ses ânes, les amène à l'entrée de la caverne et les charge de sacs d'or. En homme avisé, il complète chaque charge par des fagots. Ainsi, personne ne soupçonnera sa merveilleuse aventure.

Il ordonne : « Sésame, ferme-toi! ». Le rocher se referme et Ali-Baba reprend le chemin de sa maison. C'est sa femme qui va être surprise en voyant tous ces trésors!

Arrivé chez lui, Ali-Baba porte les sacs dans la cuisine et en répand le contenu sur le sol. A la vue de cette montagne de pièces d'or, la femme d'Ali-Baba s'exclame :

— Malheureux! Aurais-tu oublié l'enseignement du Prophète, qui défend de voler?

— Ne t'alarme pas, réplique Ali-Baba. Je ne suis pas un voleur. A moins que ce soit voler que de prendre aux voleurs!

Comme elle ne comprend pas, il lui raconte son aventure et termine en lui recommandant de n'en parler à personne.

— Qu'allons-nous faire de tout cet or? demande sa femme.

— Nous allons l'enterrer, décide sagement Ali-Baba.

— Avant cela, dit-elle, je veux savoir pour combien nous en avons!

Sans écouter son mari, qui lui crie de n'en rien faire, elle court chez sa belle-sœur et lui demande une mesure à prêter. La femme de Cassim sait très bien qu'Ali-Baba est fort pauvre. Pourquoi son épouse aurait-elle besoin d'une mesure? Pour mesurer quoi? Dévorée

de curiosité, elle s'arrange pour mettre un peu de colle sous la mesure avant de la donner à sa belle-sœur.

Revenue chez elle, la femme d'Ali-Baba pose la mesure sur le tas d'or et ne s'aperçoit pas qu'une pièce demeure collée en dessous. Elle se réjouit du grand nombre de mesures qu'elle trouve et s'empresse d'aller rendre l'instrument à sa belle-sœur.

Elle est à peine partie que la belle-sœur découvre la pièce d'or. Folle de jalousie, elle répète sans arrêt :

— Comment ce pouilleux d'Ali-Baba peut-il avoir assez d'or pour avoir besoin de le mesurer?

Son mari arrive. Il lui apporte une merveilleuse robe de soie qu'il vient d'acheter à un marchand de Bassorah. Furieuse, sa femme jette la robe par terre et la piétine en hurlant :

— Tu te crois riche, Cassim? Eh bien, tu ne l'es pas! Ali-Baba est bien plus riche que toi. Il ne compte pas son or. Il le mesure!

Pour en avoir le cœur net, Cassim va rendre visite à son frère.

— Tu es un cachottier, lui dit-il. Tout le monde te croit pauvre. Et tu mesures ton or au lieu de le compter!

— Je ne sais pas de quoi tu parles, répond Ali-Baba.

— Ne fais pas l'ignorant, reprend Cassim en lui tendant la pièce d'or que sa femme a trouvée collée à la mesure.

Ne pouvant plus nier, Ali-Baba expose toute l'affaire à Cassim et lui offre généreusement de partager avec lui le trésor.

— Je l'exige, fait Cassim d'un ton agressif. Sinon, je te dénonce au cadi. On confisquera ton or et j'en aurai une part pour t'avoir dénoncé!

Ali-Baba n'a pas peur des menaces de son frère, car tous les hommes sont dans la main d'Allah et rien n'arrive sans sa permission. Cependant, il est si doux de caractère qu'il accepte bien volontiers de révéler où se trouve la grotte et les paroles magiques qui la font s'ouvrir.

Le lendemain, au petit jour, Cassim part tout joyeux avec

dix mulets portant d'immenses coffres. Le rocher s'ouvre docilement devant lui quand il dit : « Sésame, ouvre-toi! ». Il pénètre dans la caverne et se met à remplir les coffres. Quand les dix mulets n'en peuvent plus tellement leur charge est pesante, Cassim se tourne vers la porte, qui s'est refermée comme d'habitude, et crie fièrement : « Orge, ouvre-toi! ». La porte ne bouge pas. Se rendant compte qu'il y a quelque chose qui cloche, il crie : « Blé, ouvre-toi! », puis « Avoine, ouvre-toi! ». La porte ne bouge toujours pas. Et Cassim a beau faire, il ne parvient pas à se rappeler le mot magique qui déclenche l'ouverture de la caverne.

Soudain, le sol tremble sous les sabots des chevaux. Les brigands arrivent! Affolé, Cassim se cache derrière un énorme ballot de soie de Bénarès. La porte s'ouvre et Cassim se rue au-dehors, bousculant au passage le chef des bandits, qui est si surpris qu'il ne songe même pas à l'arrêter.

Mais les autres voleurs veillent. En un clin d'œil, ils attrapent Cassim et l'un d'eux lui tranche la tête d'un coup de cimeterre. Ainsi périt cet homme au cœur dur, victime de sa propre convoitise. Qu'Allah le prenne en pitié!

Inquiets de voir que leur cachette a été visitée, les voleurs décident de placer le corps de Cassim à l'intérieur de la grotte, le corps d'un côté, la tête de l'autre. Un tel spectacle, pensent-ils, sera de nature à effrayer les intrus. Sitôt dit, sitôt fait. Et les cavaliers repartent à toute allure, car ils doivent attaquer une caravane qui leur est signalée entre Bagdad et Mossoul.

Le soir venu, la femme de Cassim s'inquiète. Elle va chez Ali-Baba et lui confie ses craintes. Ali-Baba la calme comme il peut en lui faisant remarquer que Cassim a sans doute décidé de ne rentrer qu'à la nuit tombée.

Le lendemain, toujours sans nouvelles de son frère, Ali-Baba part vers la forêt avec ses trois ânes. Arrivé devant le rocher, il prononce les paroles mystérieuses. La porte s'ouvre et Ali-Baba pousse une exclamation d'horreur en découvrant son frère décapité.

Sans perdre son sang-froid, il place le corps de son frère sur un âne et met du bois par-dessus pour le dissimuler. Il charge en outre les deux autres ânes de sacs d'or et de diamants. En route

vers la ville! Ali-Baba passe par chez lui pour y laisser les deux ânes chargés de richesses puis se rend avec le troisième à la maison de Cassim.

En voyant son visage assombri, la femme de Cassim s'écrie :

— Je vois à ton air que tu m'apportes de tristes nouvelles!

— Très tristes, en effet, dit Ali-Baba. Mais tu dois surmonter ta douleur. Sinon, tu es perdue et nous tous avec toi.

En peu de mots, il lui raconte son atroce découverte. Aidé par une esclave de Cassim, nommée Bouche-de-Corail, il prend ensuite le cadavre mutilé et l'étend sur un lit. Pendant que la femme de Cassim verse des torrents de larmes, Ali-Baba lui expose ses projets :

— Puisque nos lois et coutumes m'y autorisent, je te propose de devenir ma seconde épouse. Tu seras honorée au même titre que la première et tu auras ainsi ta part du trésor.

A l'idée de retrouver un mari beaucoup plus riche que le premier, la jeune veuve sèche ses larmes et accepte avec reconnaissance. Cette question étant réglée, Ali-Baba glisse à l'oreille de l'esclave :

— Bouche-de-Corail, je te sais dévouée à tes maîtres. Avant tout, promets-moi le secret sur tout ceci.

Bouche-de-Corail jure sur le Coran de rester muette jusqu'à sa mort. Ali-Baba lui explique alors qu'il faut faire enterrer le corps de Cassim sans que personne se doute qu'il a été assassiné.

— Fiez-vous à moi, dit Bouche-de-Corail, qui est aussi intelligente que belle.

Quand Ali-Baba est reparti, l'esclave court chez l'apothicaire et lui réclame d'urgence un médicament qu'on n'utilise que pour des maladies très graves. Le marchand le lui donne et demande qui est malade chez Cassim.

— C'est mon pauvre maître lui-même, répond Bouche-de-Corail en étouffant un grand soupir. Il est bien près de sa fin, je le crains!

Le lendemain, elle revient et, d'une voix mêlée de sanglots, réclame un remède plus puissant encore, qu'on n'administre que dans les cas désespérés.

La nouvelle se répand dans tout le quartier que Cassim est à

toute extrémité. Aussi, quand le soir, les gémissements de sa femme, joints à ceux de Bouche-de-Corail, annoncent à tous la mort de Cassim, personne ne s'étonne.

Le lendemain, très tôt, la belle esclave se rend chez Baba-Moustapha, un vieux savetier qui ouvre toujours son échoppe avant l'aurore.

— Savez-vous coudre? lui demande-t-elle en lui glissant une pièce d'or dans la main.

— A ce prix-là, réplique le savetier, ébloui, je veux bien coudre toute une journée sans m'arrêter!

Bouche-de-Corail dépose une autre pièce dans sa paume et poursuit :

— Prenez tout ce qu'il vous faut pour coudre et venez avec moi. Vous aurez encore deux pièces d'or au retour, à la condition que je vous banderai les yeux pour la route.

Baba-Moustapha accepte et, les yeux bandés, se laisse guider par Bouche-de-Corail jusque dans la chambre de Cassim. Là, l'esclave enlève au savetier son bandeau et, lui montrant son maître décapité, lui ordonne de recoudre la tête au reste du corps. Quand le savetier a terminé sa besogne, elle lui rebande les yeux et le ramène à sa boutique.

Il est temps! Le menuisier est là avec le cercueil. On l'aide à mettre le corps dans la bière et, comme il est fort âgé et à moitié aveugle, il ne s'aperçoit de rien.

L'enterrement a lieu le lendemain, au milieu des pleurs des femmes du voisinage qui, selon l'usage, mêlent leurs lamentations à celles de la veuve et de Bouche-de-Corail. Ainsi, la manière dont Cassim est mort est cachée aux yeux de tous, si subtilement que nul ne conçoit le moindre soupçon de ce qui s'est passé en réalité. Quand, quelques jours plus tard, Ali-Baba prend comme seconde épouse la veuve de son frère, cela semble tout naturel, puisque de tels mariages sont fréquents chez les musulmans.

Pendant ce temps, les voleurs ont attaqué et pillé la caravane. Ils reviennent déposer leur butin dans la grotte et ouvrent de grands yeux : le corps de Cassim n'est plus là et leur trésor commun a nettement diminué!

– Deux personnes connaissent donc le secret de notre caverne, murmure leur chef songeusement. Après avoir tué l'une, il ne nous reste plus qu'à tuer l'autre. Sinon, nous ne dormirons jamais plus en paix!

Ses hommes approuvent bruyamment. Coûte que coûte, il faut retrouver cet homme et le faire périr.

– Puisque vous êtes d'accord, poursuit le chef, je propose que l'un d'entre nous fasse une petite enquête en ville. Un corps sans tête, ça ne passe pas inaperçu, que diable!

Déguisé en pèlerin, un volontaire part pour la ville et y pénètre au petit jour. La seule échoppe déjà ouverte est celle de Baba-Moustapha. Penché sur son établi, le vieux savetier raccommode une paire de babouches.

– La paix soit avec toi, savetier! dit le voleur. Agé comme tu l'es, comment y vois-tu assez clair pour travailler alors que les dernières étoiles brillent encore dans le ciel?

– On voit bien que tu es un pèlerin et que tu ne me connais pas, répond Baba-Moustapha. Sinon, tu saurais que mes yeux sont toujours aussi perçants. Tiens, il n'y a pas si longtemps, j'ai cousu un mort dans une pièce où il faisait moins clair qu'ici.

– Un mort? s'étonne le voleur. Tu veux dire que tu as cousu son linceul?

– Non, non, reprend Baba-Moustapha, je sais bien ce que je dis. Mais n'insiste pas. Tu n'en sauras pas davantage. Je suis discret, moi!

– Je ne te demande qu'une chose, dit vivement le brigand en sortant une pièce d'or de sa bourse. Dans quelle maison as-tu cousu ce mort?

– Impossible de te le dire, soupire le savetier. On m'a bandé les yeux sur tout le parcours.

– Ce n'est pas une raison, objecte l'autre. Pourquoi n'essaies-tu pas de refaire, les yeux bandés, le chemin qui mène à cette maison?

50

Une deuxième pièce d'or apparaît au bout des doigts du voleur. Cela suffit à convaincre Baba-Moustapha qui se laisse bander les yeux et conduit, de mémoire, le brigand jusqu'à la demeure de Cassim. Pour être sûr de la reconnaître, le voleur trace une croix à la craie blanche sur la porte puis reconduit le savetier à son échoppe. Et voilà Ali-Baba en grand danger, car depuis son deuxième mariage, il habite chez Cassim avec toute sa famille!

Par bonheur, Bouche-de-Corail sort peu après de la maison et remarque la croix dessinée sur la porte. Soupçonnant quelque danger, elle prend une craie et, par prudence, marque d'une croix semblable toutes les habitations environnantes.

De retour au camp, le voleur annonce à ses complices qu'il a identifié la maison de leur ennemi. Les brigands attendent la nuit et se faufilent dans Bagdad par groupes de deux ou trois, pour ne pas attirer l'attention. Leur chef arrive le premier au but en compagnie de celui qui est venu la veille. Et que voient-ils? Partout, sur toutes les portes, des dizaines et des dizaines de croix faites à la craie blanche!

— Où est la maison que nous cherchons? demande le chef.

— Je n'en sais rien, avoue piteusement le voleur.

— Ainsi, tu t'es vanté! s'écrie le chef en colère. Tiens! Voilà pour toi!

Et il l'abat raide mort d'un terrible coup de cimeterre. Puis il fait circuler l'ordre pour tous ses hommes de quitter la ville au plus vite sans se faire remarquer. Le lendemain, un autre brigand est désigné par le sort. Déguisé, lui aussi, en pèlerin, il entre dans Bagdad aux premières lueurs du jour. Il rencontre Baba-Moustapha, utilise la même ruse et parvient au même endroit. Pour distinguer aisément la maison de Cassim quand il reviendra, il trace sur la porte un rond à la craie rouge.

Durant la journée, l'œil exercé de Bouche-de-Corail a vite fait de repérer cette marque. Et l'astucieuse esclave s'empresse de tracer des ronds tout pareils sur les portes voisines.

Comme la veille, les brigands arrivent de nuit par petits groupes et le voleur est bien incapable de leur désigner la demeure qu'ils recherchent. Cet échec lui vaut d'être aussitôt mis à mort comme le premier.

Le chef de la bande décide alors de prendre les choses en main. A son tour, il se fait conduire par Baba-Moustapha. Au lieu de marquer la maison à la craie, il l'examine avec soin et en grave les moindres détails dans sa mémoire. Maintenant, il peut la reconnaître sans hésiter parmi cent autres !

Revenu au camp, le chef ordonne à ses hommes :

– Allez à la ville acheter dix-neuf mulets, ainsi que trente-huit grands vases de cuir. L'un de ces vases doit être plein d'huile et les autres doivent être vides. Et dépêchez-vous !

Quand cela est fait, le chef enjoint à chacun de ses hommes de se cacher dans une des outres de cuir. Pour mieux faire illusion, il frotte le col de chaque vase avec un peu d'huile prélevée dans la seule outre qui en contient. Tout est chargé sur les mulets, et le chef, qui s'est donné l'aspect d'un honnête marchand, arrive dans Bagdad à la tombée du jour. Il va droit à la maison d'Ali-Baba et sollicite l'hospitalité pour la nuit.

– Vous êtes le bienvenu, dit Ali-Baba. Veuillez faire entrer vos mulets dans la cour. Un de mes esclaves les déchargera et les mènera à l'écurie.

Quand les mulets sont à l'écurie et que les outres sont alignées dans la cour, Ali-Baba, toujours généreux, offre au faux marchand un magnifique repas. Le festin terminé, le chef des brigands sort sous prétexte d'inspecter sa marchandise. En réalité, il passe près de chaque grand vase et murmure chaque fois :

– Quand je jetterai une poignée de cailloux par la fenêtre de ma chambre, ce sera le moment de venir me rejoindre et de passer à l'attaque.

Le chef gagne sa chambre. Il éteint la lumière et se couche tout habillé sur son lit en attendant que tout le monde soit endormi dans la maison.

Pendant ce temps, Bouche-de-Corail est occupée à garnir un panier avec des œufs durs, du poulet froid et des fruits bien mûrs. C'est un cadeau que son maître veut offrir au faux marchand pour la route du lendemain. Brusquement, la voilà dans le noir. C'est sa lampe qui vient de s'éteindre, faute d'huile. Et le panier n'est pas encore rempli... Que faire?

Se souvenant des outres d'huile qui sont dans la cour, la belle esclave prend sa lampe et s'approche de l'une d'elles, avec l'intention d'y prendre un peu d'huile. C'est alors qu'elle entend une voix étouffée qui demande :

– On peut y aller, chef?

Une sotte aurait fait grand bruit devant cette outre parlante. Et les voleurs, en entendant des cris, n'auraient pas manqué de sortir et de mettre tout à feu et à sang dans la maison d'Ali-Baba. Mais Bouche-de-Corail est bien trop fine pour agir ainsi! Elle comprend la situation en un clin d'œil et répond tout bas :

– Pas encore, sapristi! Attends mes ordres!

Comme l'a fait le chef, elle s'approche de chaque outre, reçoit la même question et y fait la même réponse. Elle arrive enfin à la dernière, qui est pleine d'huile, et remplit sa lampe.

Bouche-de-Corail sait maintenant que la cour abrite trente-sept brigands. Sans perdre la tête, elle court chercher un énorme chaudron et le remplit d'huile. Puis elle va le déposer sur le foyer, à la cuisine, et ajoute des bûches pour activer le feu.

Enfin, l'huile est bouillante. Bouche-de-Corail s'empare du chaudron, s'approche à pas de loup et verse de l'huile dans chacune des trente-sept outres. Et c'est ainsi que, sans même avoir eu le temps de dire « ouf », les trente-sept voleurs sont étouffés et ébouillantés. Qu'Allah les ait en sa miséricorde !

La belle esclave revient à la cuisine, souffle la lampe et, cachée derrière une fenêtre, guette ce qui va se passer. Quand tout dort dans la maison, le chef se relève et jette dans la cour une poignée de cailloux. Rien ne bouge. Croyant ses hommes endormis, il descend et donne un bon coup de pied dans la première outre. Mais l'homme ne peut plus répondre ! Ni aucun de ses camarades... Le chef des brigands doit se rendre à l'évidence : toute sa bande a été exterminée ! Affolé, il escalade le mur de la cour et s'enfuit plus vite que s'il avait le diable à ses trousses !

Le lendemain, Ali-Baba, qui ne se doute de rien, se rend au bain de bon matin. A son retour, les outres sont toujours dans la cour. Le marchand est donc encore là? Ali-Baba s'informe auprès de la fidèle Bouche-de-Corail. Pour toute réponse, l'esclave le mène près des outres et lui conseille de les ouvrir.

Ali-Baba pousse un cri de surprise en découvrant un brigand ébouillanté, puis un tas d'autres. Bien vite, il comprend qu'il vient d'échapper à la mort grâce à la présence d'esprit et au courage de Bouche-de-Corail.

Rapidement, l'esclave explique à son maître ce qui s'est passé. Par la même occasion, elle lui parle des croix blanches et des ronds rouges tracés à la craie sur les maisons du voisinage. Ali-Baba, tout tremblant, se rend compte que Bouche-de-Corail lui a sauvé trois fois la vie.

– Et le marchand? demande-t-il. Qu'est-il devenu?

– Il n'est pas plus marchand que moi, réplique l'esclave. C'était sûrement le chef de la bande. Quand il a vu que tous ses hommes étaient morts, il s'est sauvé à toutes jambes, comme un voleur qu'il est!

– Je t'accorde la liberté, dit Ali-Baba, transporté de reconnaissance. En outre, je te ferai compter cent pièces d'or.

– C'est beaucoup trop, proteste Bouche-de-Corail, des larmes de joie plein les yeux. En tout cas, esclave ou non, je vous supplie de me permettre de rester auprès de vous et de vous servir jusqu'à la fin de ma vie.

Durant la nuit, Ali-Baba creuse en secret une tranchée dans son jardin, qui est bien abrité des regards indiscrets par une rangée d'orangers en fleur. Un à un, il y transporte les corps des brigands et les outres. Bientôt, tout disparaît sous une épaisse couche de terre, soigneusement tassée.

Et le chef des brigands, pendant ce temps-là? Que devient-il? Fou de rage, il est retourné à sa grotte et se lamente en songeant à ses complices disparus.

— Où êtes-vous, mes fidèles amis? dit-il en pleurant. Vous que j'ai assemblés et choisis, pourquoi faut-il que vous connaissiez une fin aussi cruelle? Désormais, toutes ces richesses qui m'entourent sont à moi. Mais à quoi bon? A tout instant, mon ennemi peut venir me les prendre. Non, non, je n'aurai pas de repos tant que je ne lui aurai pas ôté la vie. Ce que nous n'avons pu faire tous ensemble, ô mes compagnons défunts, je le ferai à moi tout seul, j'en fais le serment par Allah!

Dans l'idée de se venger d'Ali-Baba, le chef des brigands se rase la barbe et la moustache. Il prend l'aspect habituel des marchands de Trébizonde et va louer un magasin dans le quartier commercial de Bagdad. En plusieurs fois, il transporte chez lui des étoffes et des soieries d'une incroyable finesse, prélevées sur le trésor de la caverne. Tout est installé. Il peut maintenant ouvrir sa boutique.

Voyez comme le hasard est grand! Le magasin voisin est occupé par qui? Par Abdallah, le fils aîné d'Ali-Baba. Comme il est doué

pour le commerce, son père lui a cédé la boutique de son oncle Cassim.

Quand il apprend que son voisin est le fils de son ennemi, le chef des voleurs n'hésite pas. Il se lie avec lui et le couvre de cadeaux. Après la journée, il se promène en sa compagnie le long du Bosphore. Les voilà intimes!

Plusieurs fois, le chef invite son nouvel ami et lui fait servir un fastueux souper. Il sait bien qu'Abdallah est petitement logé. Pour le recevoir à son tour, il sera bien obligé de prier son père de les convier tous les deux.

C'est ce qui arrive et Ali-Baba accepte bien volontiers. Qu'ils viennent donc quand ils le veulent, ils seront traités comme le calife en personne!

Un soir, leur promenade les amène à passer devant la maison d'Ali-Baba. Arrivé près de la porte, Abdallah prend son ami par le bras et le prie d'entrer. Ils sont accueillis par Ali-Baba, qui fait servir des rafraîchissements et des gâteaux. Quand le chef parle de se retirer, Ali-Baba lui dit :

— Vous avez fait trop souvent plaisir à mon fils pour que je

60

puisse me considérer comme quitte envers vous. Veuillez, je vous prie, nous faire l'honneur de partager notre repas.

Ravi de voir sa ruse réussir pleinement, le brigand remercie avec courtoisie et ajoute en s'inclinant :

— L'honneur est pour moi. Par malheur, je ne puis accepter votre invitation. Mon médecin ne me permet de manger que des viandes et des ragoûts sans sel. Ne pouvant savourer vos plats, je serais, vous vous en doutez, un bien triste convive!

— Ce n'est que cela! s'exclame Ali-Baba. Rassurez-vous. Il n'y aura pas le moindre grain de sel dans les aliments qui vous seront servis. Je cours donner des ordres à la cuisine.

Quand Bouche-de-Corail apprend qu'elle doit préparer des mets sans sel, elle n'est pas contente du tout. A-t-on idée de demander cela tandis que tout mijote déjà sur le feu!

— En voilà un drôle d'invité! bougonne-t-elle. Pas de sel! Mes plats n'auront plus de goût!

Tout en ronchonnant, elle obéit et confectionne des plats sans sel. Aidée d'un esclave, elle apporte bientôt les entrées et en profite pour regarder d'un peu plus près cet homme qui ne mange pas de sel. Tiens, tiens... On dirait qu'elle l'a déjà vu quelque part! Et si c'était le chef des brigands déguisé en marchand? En se penchant au-dessus de lui pour le servir, elle voit un poignard dissimulé sous son habit. Plus de doute! C'est lui!

— Je ne m'étonne plus, murmure-t-elle en se retirant, que cet homme ne veuille pas manger de sel. Car le Prophète a dit : « Malheur à celui qui fait du mal à l'homme avec qui il a partagé le sel! ».

Faisant mine de rien, Bouche-de-Corail apporte ensuite les viandes et les ragoûts. Au dessert, elle pose sur la table un plat tout débordant des fruits de la saison. Elle sert aussi le flacon de vin avec les tasses puis se retire. Selon la coutume, c'est l'heure où le maître et ses invités doivent être laissés seuls. Ainsi, ils peuvent boire et parler librement.

Bouche-de-Corail ne perd pas son temps! Vite, elle revêt une ample robe de danseuse, serrée à la taille par une étincelante ceinture dorée. Dans cette ceinture, elle passe un poignard effilé, en pur acier de Tolède.

Précédée d'un esclave qui frappe en cadence sur un tambour de basque, elle pénètre dans la salle du festin et se met à danser. Ravis, Ali-Baba et son fils applaudissent bien fort. Bouche-de-Corail est si gracieuse dans son costume d'odalisque! Le voleur applaudit aussi, mais sans enthousiasme, car cet intermède imprévu dérange ses plans. Il veut, en effet, faire boire les deux hommes et les tuer quand ils seront ivres.

Bouche-de-Corail entame maintenant la célèbre danse du poignard. Tout en tourbillonnant, elle sort l'arme de sa ceinture. Elle élève le poignard vers le ciel, fait mine d'en frapper un ennemi invisible puis le tourne contre sa poitrine. Même le voleur est sous le charme de cette danse envoûtante!

Quand la danse est terminée, Bouche-de-Corail s'empare du tambour et, tenant toujours le poignard dans la main droite, le présente à Ali-Baba. C'est ainsi que font les danseuses de profession

pour faire appel à la générosité des spectateurs. Ali-Baba y jette un sequin d'or. Son fils en fait autant. A son tour, le faux marchand tire sa bourse de son habit pour y prendre une pièce d'or. Alors, avec la rapidité de l'éclair, Bouche-de-Corail lève son poignard et le lui plonge dans le cœur.

Horrifié, Ali-Baba saisit le poignet de la jeune femme et s'écrie :

— Es-tu folle? Est-ce ainsi qu'on traite ses amis? Ne sais-tu pas qu'un invité est sacré?

Bouche-de-Corail entrouvre la robe du faux marchand et montre le poignard dissimulé dessous.

— Ne voyez-vous pas que c'est votre plus grand ennemi? réplique-t-elle. C'est le chef des brigands. Il a rasé sa barbe et sa moustache mais cela n'a pas suffi pour me tromper! Pourquoi refusait-il de manger de sel avec vous? Parce qu'il voulait vous tuer sans enfreindre l'enseignement du Prophète!

Sauvé, une nouvelle fois, par l'astuce de Bouche-de-Corail, Ali-Baba l'embrasse paternellement et lui dit :

— Je t'ai rendu la liberté, mais tu mérites bien plus encore. Si tu le veux, je te donne mon fils en mariage.

— Il en sera comme vous le désirez, répond-elle d'un ton soumis.

— Je le veux aussi, ajoute Abdallah, qui est séduit par l'intelligence et la beauté de Bouche-de-Corail. Heureux l'homme qui a une telle épouse!

On enterre en secret le chef des voleurs dans le jardin, à côté de ses complices, et, quelques jours plus tard, la maison retentit du bruit des chants, des danses et des divertissements : on célèbre les noces d'Abdallah et de la jolie Bouche-de-Corail.

Après le mariage, Ali-Baba se garde bien de retourner à la grotte. Il ne sait pas que tous les voleurs sont morts, puisque deux d'entre eux ont été tués par leur propre chef. Mais au bout d'un an, il finit par s'y risquer. Ali-Baba constate aussi que rien n'a été dérangé et que plus personne n'a pénétré dans la caverne depuis des mois. Comme il est venu avec des mulets, il les charge de riches étoffes,

de coupes ciselées, d'habits brodés d'or et de mille autres choses précieuses.

Il devient ainsi l'homme le plus riche de la ville. Cependant, il continue, comme par le passé, à être bon, serviable et généreux. Que lui et ses descendants continuent encore longtemps à prospérer sous le regard bienveillant d'Allah!

Sindbad le marin

imagé par René Follet

Au lever du jour, la princesse Schéhérazade doit être mise à mort par le roi. Alors, elle lui raconte une histoire, et elle la raconte si bien qu'il lui accorde une nouvelle nuit pour connaître la suite. Les héros de légende sont au rendez-vous — Aladin et sa lampe, Ali-Baba et les quarante voleurs, Sindbad le Marin... — nuit après nuit. Il y en aura **mille et une**, au bout desquelles le roi gardera Schéhérazade auprès de lui à jamais.
Et voici que dans cet album revit Sindbad le Marin, le grand voyageur. Schéhérazade lui donne la parole, il va nous conter deux de ses aventures parmi les plus merveilleuses.

J'avais résolu, après un premier voyage, de passer tranquillement le reste de mes jours à Bagdad. Mais je ne fus pas longtemps sans m'ennuyer d'une vie oisive ; l'envie de voyager et de négocier par mer me reprit : j'achetai des marchandises propres à faire le trafic que je méditais, et je partis une seconde fois avec d'autres marchands dont la probité m'était connue. Nous nous embarquâmes sur un bon navire ; et après nous être recommandés à Dieu, nous commençâmes notre navigation.

Nous allions d'îles en îles, et nous y faisions des échanges fort avantageux. Un jour nous descendîmes dans une de ces îles, couverte de plusieurs sortes d'arbres fruitiers, mais si déserte, que nous n'y découvrîmes aucune habitation, ni même aucune personne. Nous allâmes prendre l'air dans les prairies et le long des ruisseaux qui les arrosaient.

Pendant que les uns se divertissaient à cueillir des fleurs, et les autres des fruits, je pris mes provisions et du vin que j'avais apportés, et je m'assis près d'une eau coulante entre de grands arbres qui formaient un bel ombrage. Je fis un assez bon repas de ce que j'avais ; après quoi le sommeil vint s'emparer de mes sens. Je ne vous dirai pas si je dormis longtemps ; mais, quand je me réveillai, je ne vis plus le navire à l'ancre...

Je fus bien étonné, je me levai, je regardai de toutes parts, je ne vis pas un des marchands qui étaient descendus dans l'île avec moi. J'aperçus seulement le navire à la voile, mais si éloigné que je le perdis de vue peu de temps après.

Je vous laisse imaginer les réflexions que je fis dans un état si triste. Je pensai mourir de douleur ; je poussai des cris épouvantables ; je me frappai la tête et me jetai par terre, où je demeurai longtemps abîmé dans une confusion mortelle de pensées toutes plus affligeantes les unes que les autres. Je me reprochai cent fois de ne m'être pas contenté de mon premier voyage, qui devait m'avoir fait perdre pour jamais l'envie d'en faire d'autres. Mais tous mes regrets étaient inutiles, et mon repentir hors de saison.

A la fin, je me résignai à la volonté de Dieu ; et sans savoir ce que je deviendrais, je montai au haut d'un grand arbre, d'où je regardai de tous côtés, pour voir si je ne découvrirais rien qui pût me donner quelque espérance. En jetant les yeux sur la mer, je ne vis que de l'eau et le ciel ; mais ayant aperçu du côté de la terre quelque chose de blanc, je descendis de l'arbre ; et avec ce qui me restait de vivres, je marchai vers cette blancheur, qui était si éloignée que je ne pouvais pas bien distinguer ce que c'était.

Lorsque j'en fus à une distance raisonnable, je remarquai que c'était une boule blanche, d'une hauteur et d'une grosseur prodigieuse. Dès que j'en fus près, je la touchai, et la trouvai fort douce. Je tournai à l'entour, pour voir s'il n'y avait point d'ouverture ; je n'en pus découvrir aucune, et il me parut qu'il était impossible de monter dessus, tant elle était unie : elle pouvait avoir cinquante pas en rondeur.

Le soleil alors était prêt à se coucher. L'air obscurcit tout à coup, comme s'il eût été couvert d'un nuage épais. Mais si je fus étonné de cette obscurité, je le fus bien davantage, quand je m'aperçus que ce qui la causait était un oiseau d'une grandeur et d'une grosseur extraordinaires, qui s'avançait de mon côté en volant. Je me souvins d'un oiseau appelé rock[1], dont j'avais souvent entendu parler aux matelots, et je conçus que la grosse boule que j'avais tant admirée devait être un œuf de cet oiseau. En effet, il s'abattit et se posa dessus, comme pour le couver. En le voyant venir, je m'étais serré fort près de l'œuf, de sorte que j'eus devant moi un des pieds de l'oiseau ; et ce pied était aussi gros qu'un gros tronc d'arbre. Je m'y attachai fortement avec la toile dont mon turban était environné, dans l'espérance que le rock, lorsqu'il reprendrait son vol le lendemain, m'emporterait hors de cette île déserte. Effectivement, après avoir passé la nuit en cet état, d'abord qu'il fut jour, l'oiseau s'envola, et m'enleva si haut que je ne voyais plus la terre ; puis il descendit tout à coup avec tant de rapidité, que je ne me sentais pas. Lorsque le rock fut posé, et que je me vis à terre, je déliai promptement le nœud qui me tenait attaché à son pied. J'avais à peine achevé de me détacher, qu'il donna du bec sur un serpent d'une longueur inouïe. Il le prit, et s'envola aussitôt.

Le lieu où il me laissa était une vallée très profonde, environnée de toutes parts de montagnes si hautes, qu'elles se perdaient dans la nue, et tellement escarpées, qu'il n'y avait aucun chemin par où l'on y pût monter. Ce fut un nouvel embarras pour moi ; et comparant cet

---

1 Cet oiseau n'existe plus, ou peut-être n'a-t-il jamais existé. Il n'est pas impossible, néanmoins, qu'il ait été vu dans quelque partie de la terre, et que la race s'en soit éteinte, comme celle de beaucoup d'autres animaux d'une grosseur prodigieuse, dont chaque jour encore on retrouve les ossements pétrifiés. Marco Polo et le père Martini en font mention dans la relation de leurs voyages en Orient.

endroit à l'île déserte que je venais de quitter, je trouvai que je n'avais rien gagné au change.

En marchant par cette vallée, je remarquai qu'elle était parsemée de diamants, dont il y en avait d'une grosseur surprenante ; je pris beaucoup de plaisir à les regarder ; mais j'aperçus bientôt de loin des objets qui diminuèrent fort ce plaisir, et que je ne pus voir sans effroi : c'était un grand nombre de serpents. Ils se retiraient pendant le jour dans leurs antres, où ils se cachaient à cause du rock, leur ennemi, et ils n'en sortaient que la nuit.

Je passai la journée à me promener dans la vallée, et à me reposer de temps en temps dans les endroits les plus commodes. Cependant le soleil se coucha ; et à l'entrée de la nuit je me retirai dans une grotte où je jugeai que je serais en sûreté.

J'en bouchai l'entrée, qui était basse et étroite, avec une pierre assez grosse pour me garantir des serpents, mais qui fermait de manière à y laisser pénétrer un peu de lumière. Je soupai d'une partie de mes provisions, au bruit des serpents qui commencèrent à paraître. Leurs affreux sifflements me causèrent une frayeur extrême, et ne me permirent pas, comme vous pouvez croire, de passer la nuit tranquillement. Le jour étant venu, les serpents se retirèrent. Alors je sortis de ma grotte en tremblant, et je puis dire que je marchais longtemps sur des diamants sans en avoir la moindre envie. A la fin je m'assis, et malgré l'inquiétude dont j'étais agité, comme je n'avais pas fermé l'œil pendant toute la nuit, je m'endormis après avoir fait encore un repas de mes provisions. Mais j'étais à peine assoupi que quelque chose qui tomba près de moi avec grand bruit me réveilla : c'était une grosse pièce de viande fraîche ; et dans le moment j'en vis rouler plusieurs autres du haut des rochers en différents endroits.

J'avais toujours tenu pour un conte fait à plaisir, ce que j'avais ouï dire plusieurs fois à des matelots et à d'autres personnes, touchant la vallée des diamants, et l'adresse dont se servaient quelques marchands pour en tirer ces pierres précieuses : je connus bien qu'ils m'avaient dit la vérité. En effet, ces marchands se rendent auprès de cette vallée dans le temps que les aigles ont des petits. Ils découpent de la viande et la jettent par grosses pièces dans la vallée ; les diamants sur la pointe desquels elles tombent s'y attachent. Les aigles, qui sont en ce pays-là plus forts qu'ailleurs, vont fondre sur ces pièces de viande, et les emportent dans leur nid au haut des rochers, pour servir de pâture à leurs aiglons. Alors les marchands, courant au nid, obligent, par leurs cris, les aigles à s'éloigner, et prennent les diamants qu'ils trouvent attachés aux pièces de viande. Ils se servent de cette ruse, parce qu'il n'y a pas d'autre moyen de tirer les diamants de cette vallée, qui est un précipice dans lequel on ne saurait descendre[1].

J'avais cru jusque-là qu'il ne me serait pas possible de sortir de cet abîme, que je regardais comme mon tombeau ; mais je changeai de sentiment, et ce que je venais de voir me donna lieu d'imaginer le moyen de conserver ma vie... Je commençai par amasser les plus gros diamants qui se présentèrent à mes yeux, et j'en remplis le sac de cuir[2] qui m'avait servi à mettre mes provisions de bouche. Je pris ensuite la pièce de viande qui me parut la plus longue ; je l'attachai fortement autour de moi avec la toile de mon turban, et en cet état je me couchai le ventre contre terre, la bourse de cuir attachée à ma ceinture, de manière qu'elle ne pouvait tomber.

---

1 Marco Polo et d'autres voyageurs du douzième siècle rapportent qu'en Scythie on recueille des hyacinthes de la même manière.
2 Les Orientaux qui voyagent mettent leurs provisions dans un sac de cuir.

Je ne fus pas plus tôt en cette situation, que les aigles vinrent chacun se saisir d'une pièce de viande qu'ils emportèrent ; et un des plus puissants m'ayant enlevé de même avec le morceau de viande dont j'étais enveloppé, me porta au haut de la montagne jusque dans son nid. Les marchands ne manquèrent point alors de crier pour épouvanter les aigles ; et lorsqu'ils les eurent obligés à quitter leur proie, un d'entre eux s'approcha de moi ; mais il fut saisi de crainte quand il m'aperçut. Il se rassura pourtant ; et au lieu de s'informer par quelle aventure je me trouvais là, il commença à me quereller, en me demandant pourquoi je lui ravissais son bien : « Vous me parlerez, lui dis-je, avec plus d'humanité, lorsque vous m'aurez mieux connu. Consolez-vous, ajoutai-je, j'ai des diamants pour vous et pour moi plus que n'en peuvent avoir tous les autres marchands ensemble : s'ils en ont, ce n'est que par hasard ; mais j'ai choisi moi-même au fond de la vallée ceux que j'apporte dans cette bourse que vous voyez. » En disant cela, je la lui montrai.

Je n'avais pas achevé de parler, que les autres marchands qui m'aperçurent s'attroupèrent autour de moi, fort étonnés de me voir, et j'augmentai leur surprise par le récit de mon histoire. Ils n'admirèrent pas tant le stratagème que j'avais imaginé pour me sauver, que ma hardiesse à le tenter.

Ils m'emmenèrent au logement où ils demeuraient tous ensemble ; et là, ayant ouvert ma bourse en leur présence, la grosseur de mes diamants les surprit, et ils m'avouèrent que dans toutes les cours où ils avaient été, ils n'en avaient pas vu un qui en approchât. Je priai le marchand à qui appartenait le nid où j'avais été transporté, car chaque marchand avait le sien, je le priai, dis-je, d'en choisir pour sa part autant qu'il en voudrait. Il se contenta d'en prendre un seul, encore le prit-il des moins gros ; et comme je le pressais d'en recevoir d'autres sans craindre de me faire tort : « Non, me dit-il, je suis fort satisfait de celui-ci,

qui est assez précieux pour m'épargner la peine de faire désormais d'autres voyages, pour l'établissement de ma petite fortune. »

Je passai la nuit avec ces marchands, à qui je racontai une seconde fois mon histoire pour la satisfaction de ceux qui ne l'avaient pas entendue. Je ne pouvais modérer ma joie, quand je faisais réflexion que j'étais hors des périls dont je vous ai parlé : il me semblait que l'état où je me trouvais était un songe, et je ne pouvais croire que je n'eusse plus rien à craindre.

Il y avait déjà plusieurs jours que les marchands jetaient des pièces de viande dans la vallée ; et comme chacun paraissait content des diamants qui lui étaient échus, nous partîmes le lendemain tous ensemble, et nous marchâmes par de hautes montagnes où il y avait des serpents d'une longueur prodigieuse, que nous eûmes le bonheur d'éviter. Nous gagnâmes le premier port, d'où nous passâmes à l'île de Roha, où croît l'arbre dont on tire le camphre, et qui est si gros et si touffu que cent hommes y peuvent être à l'ombre aisément. Le suc dont se forme le camphre coule par une ouverture que l'on fait au haut de l'arbre, et se reçoit dans un vase où il prend consistance, et devient ce qu'on appelle camphre. Le suc ainsi tiré, l'arbre sèche et meurt.

Il y a dans la même île des rhinocéros, qui sont des animaux plus petits que l'éléphant, et plus grands que le buffle : ils ont une corne sur le nez, longue environ d'une coudée.

Je passe sous silence plusieurs autres particularités de cette île, de peur de vous ennuyer. J'y échangeai quelques-uns de mes diamants contre de bonnes marchandises. De là nous allâmes à d'autres îles ; et enfin, après avoir touché à plusieurs villes marchandes de terre ferme, nous abordâmes à Balsora, d'où je me rendis à Bagdad. J'y fis d'abord de grandes aumônes aux pauvres, et je jouis honorablement du reste des richesses immenses que j'avais apportées et gagnées avec tant de fatigues.

Dans les douceurs de la vie que je menais, j'eus bientôt perdu le souvenir des dangers que j'avais courus dans mes deux voyages ; mais comme j'étais à la fleur de mon âge, je m'ennuyai de vivre dans le repos ; et m'étourdissant sur les nouveaux périls que je voulais affronter, je partis de Bagdad avec de riches marchandises du pays, que je fis transporter à Balsora. Là je m'embarquai encore avec d'autres marchands. Nous eûmes une longue navigation, et nous abordâmes à plusieurs ports, où nous fîmes un commerce considérable.

Un jour que nous étions en pleine mer, nous fûmes battus d'une tempête horrible qui nous fit perdre notre route. Elle continua plusieurs jours, et nous poussa devant le port d'une île, où le capitaine aurait fort souhaité de se dispenser d'entrer ; mais nous fûmes bien obligés d'y aller mouiller. Lorsqu'on eut plié les voiles, le capitaine nous dit : « Cette île et quelques autres voisines sont habitées par des sauvages qui vont venir nous assaillir. Quoique ce soient des nains, nous ne pouvons leur opposer la moindre résistance, parce qu'ils sont en plus grand nombre que les sauterelles, et que s'il nous arrivait d'en tuer quelqu'un, ils se jetteraient tous sur nous et nous assommeraient. »

Le discours du capitaine mit tout l'équipage dans une grande consternation, et nous connûmes bientôt que ce qu'il venait de nous dire n'était que trop véritable. Nous vîmes paraître une multitude innombrable de sauvages hideux, et hauts seulement de deux pieds. Ils se jetèrent à la nage, et environnèrent en peu de temps notre vaisseau. Ils nous parlaient en approchant ; mais nous ne comprenions pas leur langage. Ils grimpèrent de tous côtés jusqu'au tillac avec agilité et avec tant de vitesse, qu'il ne paraissait pas qu'ils posassent leurs pieds.

Nous les vîmes faire cette manœuvre avec la frayeur que vous pouvez vous imaginer, sans oser nous mettre en défense, ni leur dire un seul mot pour tâcher de les détourner de leur dessein, que nous soupçonnions d'être funeste. Effectivement, ils déplièrent les voiles, coupèrent le câble de l'ancre, sans se donner la peine de la retirer ; et après avoir fait approcher de terre le vaisseau, ils nous firent tous débarquer. Ils emmenèrent ensuite le navire dans une autre île d'où ils étaient venus. Tous les voyageurs évitaient avec soin celle où nous étions alors ; et il était très dangereux de s'y arrêter pour la raison que vous allez connaître ; mais il nous fallut prendre notre mal en patience.

Nous nous éloignâmes du rivage, et en nous avançant dans l'île, nous trouvâmes quelques fruits et des herbes dont nous mangeâmes, pour prolonger le dernier moment de notre vie le plus qu'il nous était possible ; car nous nous attendions tous à une mort certaine. En marchant, nous aperçûmes assez loin de nous un grand édifice, vers lequel nous tournâmes nos pas : c'était un palais bien bâti et fort élevé, qui avait une porte d'ébène à deux battants, que nous ouvrîmes en la poussant. Nous entrâmes dans la cour, et nous vîmes en face un vaste appartement avec un vestibule où il y avait, d'un côté, un monceau d'ossements humains, et de l'autre, une infinité de broches à rôtir. Nous tremblâmes à ce spectacle ; et comme nous étions fatigués d'avoir marché, les jambes nous manquèrent : nous tombâmes par terre, épouvantés, et nous y demeurâmes longtemps immobiles.

Le soleil se couchait ; et tandis que nous étions dans l'état pitoyable que je viens de vous dire, la porte de l'appartement s'ouvrit avec beaucoup de bruit, et aussitôt nous en vîmes sortir une horrible figure d'homme noir, de la hauteur d'un grand palmier : il avait au milieu du front un seul œil rouge et ardent comme un charbon allumé ; les dents de devant, qu'il avait fort longues et fort aiguës, lui sortaient de la bouche, qui n'était pas moins fendue que celle d'un cheval ; et la lèvre inférieure lui descendait sur la poitrine ; ses oreilles ressemblaient à celles d'un éléphant, et lui couvraient les épaules. Il avait les ongles crochus et longs comme les griffes des plus grands oiseaux. A la vue d'un géant si effroyable, nous perdîmes tous connaissance, et demeurâmes comme morts.

A la fin, nous revînmes à nous, et nous le vîmes assis sous le vestibule, qui nous examinait de tout son œil. Quand il nous eut bien considérés, il s'avança vers nous ; et s'étant approché, il étendit la main sur moi, me prit par la nuque du cou, et me tourna de tous côtés, comme un boucher qui manie une tête de mouton. Après m'avoir bien regardé, voyant que j'étais si maigre, que je n'avais que la peau et les os, il me lâcha. Il prit les autres tour à tour, les examina de la même manière ; et comme le capitaine était le plus gras de tout l'équipage, il le tint d'une main, ainsi que j'aurais tenu un moineau, et il lui passa une broche au travers du corps ; ayant ensuite allumé un grand feu, il le fit rôtir, et le mangea à son souper dans l'appartement où il s'était retiré. Ce repas achevé, il revint sous le vestibule, où il se coucha, et s'endormit en ronflant d'une manière plus bruyante que le tonnerre : son sommeil dura jusqu'au lendemain

matin. Pour nous, il ne nous fut pas possible de goûter la douceur du repos, et nous passâmes la nuit dans la plus cruelle inquiétude dont on puisse être agité. Le jour étant venu, le géant se réveilla, se leva, sortit, et nous laissa dans le palais.

Lorsque nous le crûmes éloigné, nous rompîmes le triste silence que nous avions gardé toute la nuit, et nous affligeant tous comme à l'envi l'un de l'autre, nous fîmes retentir le palais de plaintes et de gémissements. Quoique nous fussions en assez grand nombre, et que nous n'eussions qu'un seul ennemi, nous n'eûmes pas d'abord la pensée de nous délivrer de lui par sa mort. Cette entreprise, bien que fort difficile à exécuter, était pourtant celle que nous devions naturellement former.

Nous délibérâmes sur plusieurs autres partis, mais nous ne nous déterminâmes à aucun ; et nous soumettant à ce qu'il plairait à Dieu d'ordonner de notre sort, nous passâmes la journée à parcourir l'île, en nous nourrissant de fruits et de plantes, comme le jour précédent. Sur le soir, nous cherchâmes quelque endroit où nous mettre à couvert ; mais nous n'en trouvâmes point, et nous fûmes obligés malgré nous de retourner au palais.

Le géant ne manqua pas d'y revenir et de souper encore d'un de nos compagnons ; après quoi il s'endormit et ronfla jusqu'au jour, puis il sortit et nous laissa comme il avait déjà fait. Notre condition nous parut si affreuse, que plusieurs de nos camarades furent sur le point d'aller se précipiter dans la mer, plutôt que d'attendre une mort si étrange ; et ceux-là excitaient les autres à suivre leur

conseil. Mais un de la compagnie prenant alors la parole : « Il nous est défendu, dit-il, de nous donner nous-mêmes la mort ; et quand cela serait permis, n'est-il pas plus raisonnable que nous songions au moyen de nous défaire du barbare qui nous destine un trépas si funeste ? »

Comme il m'était venu dans l'esprit un projet sur cela, je le communiquai à mes camarades, qui l'approuvèrent : « Mes frères, leur dis-je alors, vous savez qu'il y a beaucoup de bois le long de la mer ; si vous m'en croyez, construisons plusieurs radeaux qui puissent nous porter, et lorsqu'ils seront achevés, nous les laisserons sur la côte, jusqu'à ce que nous jugions à propos de nous en servir. Cependant, nous exécuterons le dessein que je vous ai proposé pour nous délivrer du géant : s'il réussit, nous pourrons attendre ici avec patience qu'il passe quelque vaisseau qui nous retire de cette île fatale ; si, au contraire, nous manquons notre coup, nous gagnerons promptement nos radeaux, et nous nous mettrons en mer. J'avoue qu'en nous exposant à la fureur des flots sur de si fragiles bâtiments, nous courons risque de perdre la vie ; mais quand nous devrions périr, n'est-il pas plus doux de nous laisser ensevelir dans la mer que dans les entrailles de ce monstre, qui a déjà dévoré deux de nos compagnons ? » Mon avis fut goûté de tout le monde, et nous construisîmes des radeaux capables de porter trois personnes.

Nous retournâmes au palais vers la fin du jour, et le géant y arriva peu de temps après nous.

Il fallut encore nous résoudre à voir rôtir un de nos camarades. Mais enfin, voici de quelle manière nous nous vengeâmes de la cruauté du géant. Après qu'il eut achevé son détestable souper, il se coucha sur le dos et s'endormit. D'abord que nous l'entendîmes ronfler selon sa coutume, neuf des plus hardis d'entre nous, et moi, nous prîmes chacun une broche, nous en mîmes la pointe dans le feu pour la faire rougir, et ensuite nous la lui enfonçâmes dans l'œil en même temps, et nous le lui crevâmes.

La douleur que sentit le géant lui fit pousser un cri effroyable. Il se leva brusquement, et étendit les mains de tous côtés pour se saisir de quelqu'un de nous, afin de le sacrifier à sa rage ; mais nous eûmes le temps de nous éloigner de lui et de nous jeter contre terre, dans des endroits où il ne pouvait pas nous rencontrer sous ses pieds. Après nous avoir cherchés vainement, il trouva la porte à tâtons, et sortit avec des hurlements épouvantables...

Nous sortîmes du palais après le géant et nous nous rendîmes au bord de la mer, dans l'endroit où étaient nos radeaux. Nous les mîmes à l'eau, et nous attendîmes qu'il fît jour pour nous jeter dessus, supposé que nous vis-

sions le géant venir à nous avec quelques guides de son espèce. À peine fut-il jour, que nous aperçûmes notre cruel ennemi, accompagné de deux géants, à peu près de sa grandeur, qui le conduisaient, et d'un assez grand nombre d'autres encore qui marchaient devant lui à pas précipités.

Nous commençâmes à nous éloigner du rivage à force de rames. Les géants, qui s'en aperçurent, se munirent de grosses pierres, accoururent sur la rive, entrèrent même dans l'eau jusqu'à mi-corps, et nous les jetèrent si adroitement, qu'à l'exception du radeau sur lequel j'étais, tous furent brisés, et les hommes qui étaient dessus se noyèrent[1]. Pour moi et mes deux compagnons, comme nous ramions de toutes nos forces, nous nous trouvâmes les plus avancés dans la mer, et hors de portée des pierres.

Quand nous fûmes en pleine mer, nous devînmes le jouet du vent et des flots, qui nous jetaient tantôt d'un côté et tantôt d'un autre, et nous passâmes ce jour-là et la nuit suivante dans une cruelle incertitude ; mais, le lendemain, nous eûmes le bonheur d'être poussés contre une île, où nous nous sauvâmes avec bien de la joie.

---

1 Ce conte est une imitation évidente d'Homère (épisode de Polyphème). Voir l'Odyssée, chant IX.

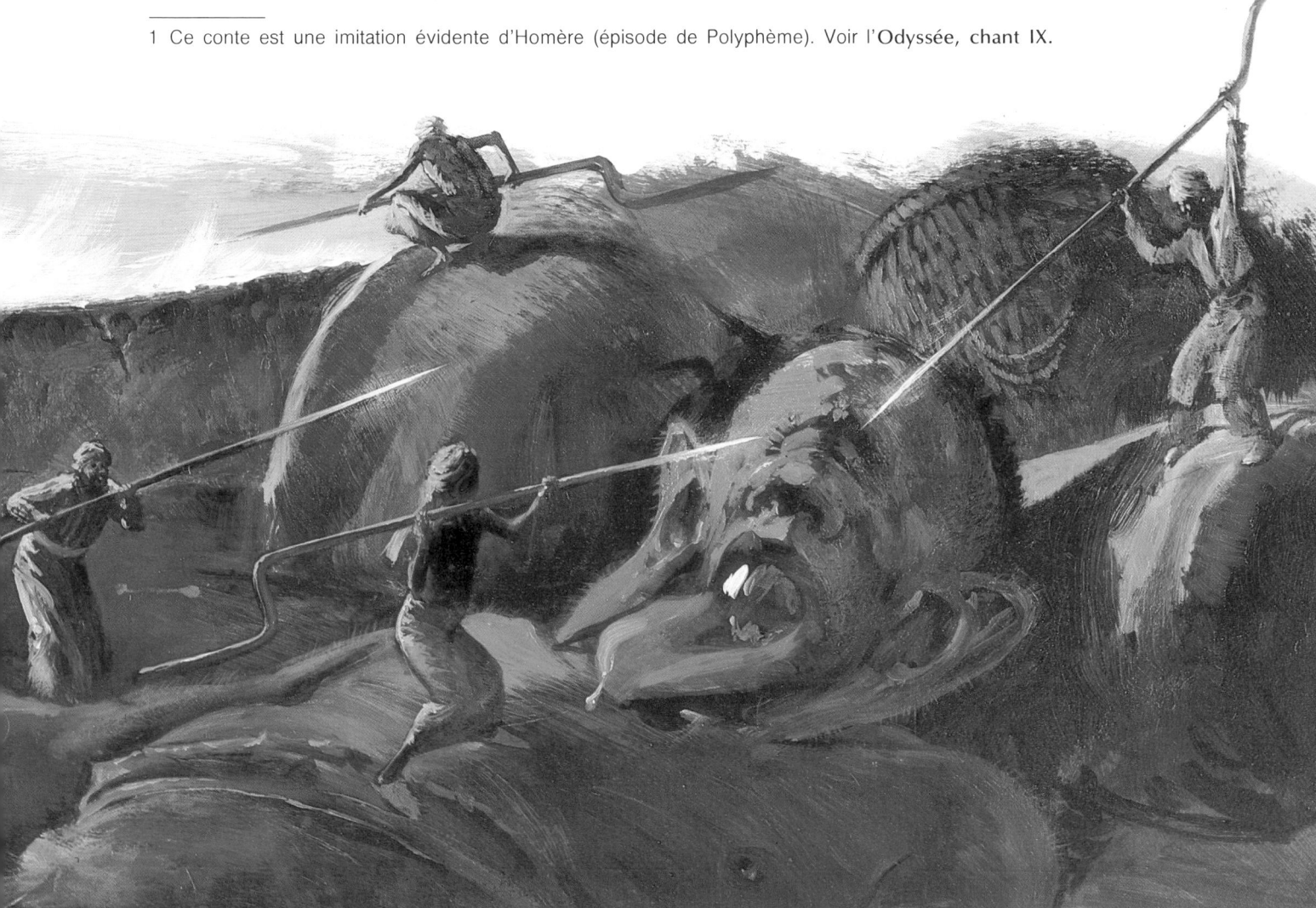

Nous y trouvâmes d'excellents fruits, qui nous furent d'un grand secours pour réparer les forces que nous avions perdues.

Sur le soir, nous nous endormîmes sur le bord de la mer; mais nous fûmes réveillés par le bruit qu'un serpent, long comme un palmier, faisait de ses écailles en rampant sur la terre. Il se trouva si près de nous, qu'il engloutit un de mes deux camarades, malgré les cris et les efforts qu'il put faire pour se débarrasser du serpent. Nous prîmes aussitôt la fuite, mon autre camarade et moi.

Nous remarquâmes un gros arbre fort haut, sur lequel nous projetâmes de passer la nuit suivante pour nous mettre en sûreté. Nous entendîmes bientôt le serpent, qui vint en sifflant jusqu'au pied de l'arbre où nous étions. Il s'éleva contre le tronc et, rencontrant mon camarade, qui était plus bas que moi, il l'engloutit tout d'un coup, et se retira.

Je demeurai sur l'arbre jusqu'au jour, et alors j'en descendis plus mort que vif. Effectivement, je ne pouvais attendre un autre sort que celui de mes compagnons; et cette pensée me faisant frémir d'horreur, je fis quelques pas pour m'aller jeter dans la mer; mais, comme il est doux de vivre le plus longtemps qu'on peut, je résistais à ce mouvement de désespoir, et me soumis à la volonté de Dieu, qui dispose à son gré de notre vie.

Je ne laissai pas, toutefois, d'amasser une grande quantité de menu bois, de ronces et d'épines sèches. J'en fis

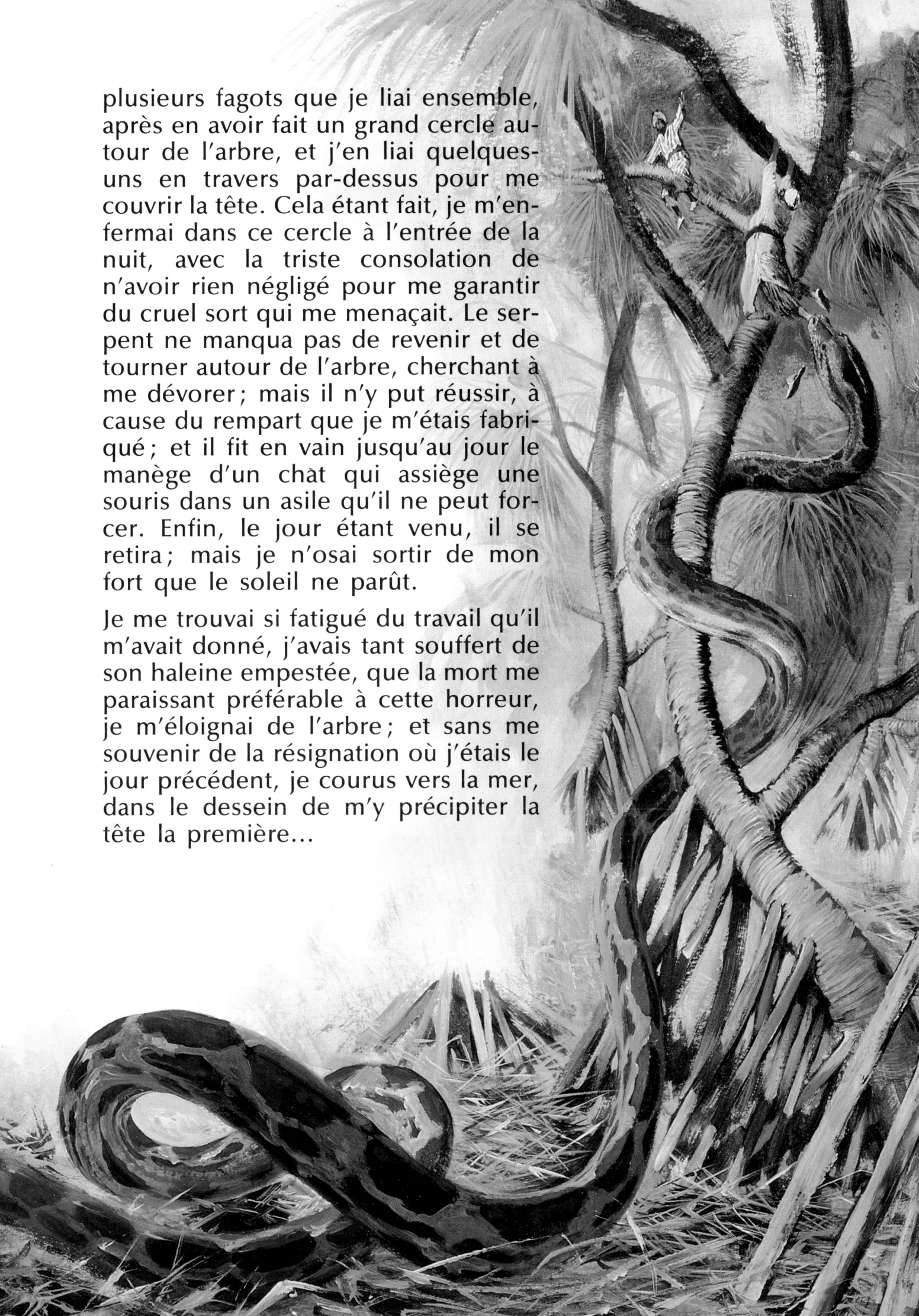

plusieurs fagots que je liai ensemble, après en avoir fait un grand cercle autour de l'arbre, et j'en liai quelques-uns en travers par-dessus pour me couvrir la tête. Cela étant fait, je m'enfermai dans ce cercle à l'entrée de la nuit, avec la triste consolation de n'avoir rien négligé pour me garantir du cruel sort qui me menaçait. Le serpent ne manqua pas de revenir et de tourner autour de l'arbre, cherchant à me dévorer ; mais il n'y put réussir, à cause du rempart que je m'étais fabriqué ; et il fit en vain jusqu'au jour le manège d'un chat qui assiège une souris dans un asile qu'il ne peut forcer. Enfin, le jour étant venu, il se retira ; mais je n'osai sortir de mon fort que le soleil ne parût.

Je me trouvai si fatigué du travail qu'il m'avait donné, j'avais tant souffert de son haleine empestée, que la mort me paraissant préférable à cette horreur, je m'éloignai de l'arbre ; et sans me souvenir de la résignation où j'étais le jour précédent, je courus vers la mer, dans le dessein de m'y précipiter la tête la première...

Dieu fut touché de mon désespoir : au moment où j'allais me jeter dans la mer, j'aperçus un navire assez éloigné du rivage. Je criai de toute ma force pour me faire entendre, et je dépliai la toile de mon turban pour qu'on me remarquât. Cela ne fut pas inutile : tout l'équipage m'aperçut, et le capitaine m'envoya la chaloupe.

Quand je fus à bord, les marchands et les matelots me demandèrent avec beaucoup d'empressement par quelle aventure je m'étais trouvé dans cette île déserte ; et après que je leur eus raconté tout ce qui m'était arrivé, les plus anciens me dirent qu'ils avaient plusieurs fois entendu parler des géants qui demeuraient dans cette île ; qu'on leur avait assuré que c'étaient des anthropophages, et qu'ils mangeaient les hommes crus aussi bien que rôtis.

A l'égard des serpents, ils ajoutèrent qu'il y en avait en abondance dans cette île ; qu'ils se cachaient le jour, et se montraient la nuit. Après qu'ils m'eurent témoigné qu'ils avaient bien de la joie de me voir échappé à tant de périls, comme ils ne doutaient pas que je n'eusse besoin de manger, ils s'empressèrent de me régaler de ce qu'ils avaient de meilleur ; et le capitaine, remarquant que mon habit était tout en lambeaux, eut la générosité de m'en faire donner un des siens.

Nous courûmes la mer quelque temps ; nous touchâmes à plusieurs îles, et nous abordâmes enfin à celle de Salahat, d'où l'on tire le santal, qui est un bois de grand usage dans la médecine. Nous entrâmes dans le port et nous y mouillâmes. Les marchands commencèrent à faire débarquer leurs marchandises pour les vendre ou les échanger.

Pendant ce temps-là, le capitaine m'appela et me dit :
« Frère, j'ai en dépôt des marchandises qui appartenaient
à un marchand qui a navigué quelque temps sur mon
navire : comme ce marchand est mort, je les fais valoir
pour en rendre compte à ses héritiers lorsque j'en ren-
contrerai quelqu'un. » Les ballots dont il entendait parler
étaient déjà sur le tillac ; il me les montra en me disant :
« Voilà les marchandises en question ; j'espère que vous
voudrez bien vous charger d'en faire commerce, sous la
condition du droit dû à la peine que vous prendrez. » J'y
consentis, en le remerciant de ce qu'il me donnait occasion de ne pas demeurer oisif.

L'écrivain du navire enregistrait tous les ballots avec les noms des marchands à qui ils appartenaient : comme il eut demandé au capitaine sous quel nom il voulait qu'il enregistrât ceux dont il venait de me charger : « Écrivez, lui répondit le capitaine, sous le nom de Sindbad le marin. » Je ne pus m'entendre nommer sans émotion ; et envisageant le capitaine, je le reconnus pour celui qui, dans mon second voyage, m'avait abandonné dans l'île où

je m'étais endormi au bord d'un ruisseau, et qui avait remis à la voile sans m'attendre ou me faire chercher : je ne me l'étais pas remis d'abord, à cause du changement qui s'était fait en sa personne, depuis le temps que je ne l'avais vu.

Pour lui, qui me croyait mort, il ne faut pas s'étonner s'il ne me reconnut pas : « Capitaine, lui dis-je, est-ce que le marchand à qui étaient ces ballots s'appelait Sindbad ? — Oui, me répondit-il, il se nommait de la sorte ; il était de Bagdad, et s'était embarqué sur mon vaisseau à Balsora. Un jour que nous descendîmes dans une île, pour y faire de l'eau et prendre quelques rafraîchissements, je ne sais par quelle méprise je remis à la voile, sans prendre garde qu'il ne s'était pas embarqué avec les autres ; nous ne nous en aperçûmes, les marchands et moi, que quatre heures après. Nous avions le vent en poupe, et si frais, qu'il ne nous fut pas possible de revirer de bord pour aller le reprendre. — Vous le croyez donc mort ? repris-je. — Assurément, repartit-il. — Eh bien ! capitaine, lui répliquai-je, ouvrez les yeux, et connaissez ce Sindbad, que vous laissâtes dans cette île déserte : je m'endormis au bord d'un ruisseau, et, quand je me réveillai, je ne vis plus personne de l'équipage. » A ces mots, le capitaine s'attacha à me regarder.

Et, après m'avoir fort attentivement considéré, il me reconnut enfin : « Dieu soit loué ! s'écria-t-il en m'embrassant ; je suis ravi que la fortune ait réparé ma faute. Voilà

vos marchandises, que j'ai toujours pris soin de conserver et de faire valoir dans tous les ports où j'ai abordé : je vous les rends avec le profit que j'en ai tiré. » Je les pris, en témoignant au capitaine toute la reconnaissance que je lui devais.

De l'île de Salahat, nous allâmes à une autre, où je me fournis de clous de girofle, de cannelle et d'autres épiceries. Quand nous nous fûmes éloignés, nous vîmes une tortue qui avait vingt coudées en longueur et en largeur ; nous remarquâmes aussi un poisson qui tenait de la vache : il avait du lait, et sa peau est d'une si grande dureté, qu'on en fait ordinairement des boucliers. J'en vis un autre qui avait la figure et la couleur d'un chameau. Enfin, après une longue navigation, j'arrivai à Balsora, et de là je revins en cette ville de Bagdad avec tant de richesses, que j'en ignorais la quantité. J'en donnai encore aux pauvres une partie considérable, et j'ajoutai d'autres grandes terres à celles que j'avais déjà acquises.

Imprimé en Belgique par Casterman, s.a., Tournai.
Dépôt légal: septembre 1983; D. 1983/0053/24.
Déposé au Ministère de la Justice, Paris (loi n° 49.956 du 16 juillet 1949 sur les publications destinées à la jeunesse).